20周年纪念书

初心

《意林》编辑部 编

吉林摄影出版社
·长春·

图书在版编目（CIP）数据

初心 /《意林》编辑部编. -- 长春：吉林摄影出版社，2024.9. -- (意林20周年纪念书). -- ISBN 978-7-5498-6285-6

Ⅰ. I217.1

中国国家版本馆 CIP 数据核字第 2024W2V793 号

意林20周年纪念书·初心
YILIN 20 ZHOUNIAN JINIAN SHU CHUXIN

出 版 人	车 强
总 策 划	顾 平　朱蕙楠
出 品 人	杜普洲
主　　编	蔡 燕
图书策划	蔡 燕　施 岚
责任编辑	王维夏
图书统筹	周胜男
执行编辑	康 宁
封面设计	资 源　金 宇
美术编辑	孔凡雷
发行总监	王俊杰
开　　本	700mm×1000mm 1/16
字　　数	150千字
印　　张	8.5
版　　次	2024年9月第1版
印　　次	2024年9月第1次印刷

出　　版	吉林摄影出版社
发　　行	吉林摄影出版社
地　　址	长春市净月高新技术开发区福祉大路5788号
	邮　编：130118
电　　话	总编办：0431-81629821
	发行科：0431-81629829
经　　销	全国各地新华书店
印　　刷	天津泰宇印刷有限公司

书　　号　ISBN 978-7-5498-6285-6　　　　定　价：20.00元

版权所有　翻印必究
（如发现印装质量问题，请与承印厂联系退换）

目录

壹 时光浅唱

悲哀永不长久	史铁生	001
父亲的虚荣	肖复兴	002
只要月亮还在天上	张 炜	003
什么是幸福	马 德	004
大雨并不是只淋着你一个人	曾 颖	005
对一根木头的尊重	刘亮程	006
世界上最好的树	董改正	007
我的记忆	席慕蓉	008
第一声喝彩	秦文君	009
永不褪色的迷失	赵丽宏	010
现在的冬天不如从前的冷了	苏 童	011
颤抖的羽毛	金 波	012
"失败"的人	王小波	013
活得有趣，才是人生最高的境界	贾平凹	014
与羊为伍	王 族	015
森林中的绅士	茅 盾	016
爱到无力	丁立梅	017
谢谢你，曾经允许我不爱	刘继荣	018
踏雪寻梅	刘 墉	019
爱的巢	华 姿	020
半个父亲在疼	庞余亮	021
何谓有福	黄永武	022

贰 云卷云舒

懂进退，人生大智慧	王　蒙	023
二一老人	李叔同	024
等到你成熟时，就会起变化	蔡　澜	025
小人物的快乐	王太生	026
谈笑论生死	于　丹	027
那些鸟会认人	刘亮程	028
正在发生	张晓风	029
寂寞的感觉	罗　兰	030
11块宝石婴孩的项圈	毕淑敏	031
学会拥有"黎明的感觉"	钱理群	032
舍命之甜	陈晓卿	033
为什么我们失去了好奇心	陈　果	034
另外四种人	梁凤仪	035
后院	王安忆	036
小懒	叶轻驰	037
美与漂亮	吴冠中	038
看戏与演戏	朱光潜	039
哀愁是花朵上的露珠	迟子建	040
你有的就是你要的	李银河	041
正当最好年龄	张曼娟	042
我想虚度几分钟时光	淡淡淡蓝	043
窗	钱钟书	044

叁 静水流深

篇目	作者	页码
成功没有亲人分享是极大的缺陷	梁凤仪	045
看到更多易贪婪	马　德	046
痛苦与快乐	蔡　澜	047
临时感	流　沙	048
宽窄皆逍遥	积雪草	049
一切靠自己	黄永武	050
记住，人们也在羡慕你	毕淑敏	051
人生是诗意还是失意	丁立梅	052
猫的本事	周　涛	053
你为什么拿这一个	张晓风	054
像龙虾脱壳，每一年	吴淡如	055
精神灿烂	张丽钧	056
没有天赋怎么办	冯　唐	057
吃鱼的故事	王立群	058
每一只鸟活着都是奇迹	傅　菲	059
忘	季羡林	060
竹排嫂	刘心武	061
骡子的品行	蒋子龙	062
拜动物为师	黄永武	063
少年痛	王　族	064
大雁飞过	汤馨敏	065
稻谷来到了春天	帕蒂古丽	066
欠一点，刚刚好	王秋珍	067
漂亮和美丽是两回事	严歌苓	068
泥土温润的光芒	刘学刚	069
大地的滋味	刘江滨	070
像鸟儿一样	莫小米	071
"自卑"是个好词儿	叶倾城	072

3

肆
花间集韵

篇名	作者	页码
美与同情	丰子恺	073
怒　绿	刘心武	074
听树木生长的声音	迟子建	075
出门一会儿，桂花就开了	王太生	076
树冠所经历的风雨	孙道荣	077
伊犁的那些金	乔　叶	078
一首诗成就一座楼	王立群	079
这一刻，我是寂静的	余秀华	080
雨的灵巧之手	鲍尔吉·原野	081
萤火一万年	迟子建	082
幽幽七里香	丁立梅	083
迟来的雪	鲁先圣	084
火　候	蒋　勋	085
心静下来，就闻到了香气	林清玄	086
白桦树的眼睛	华明玥	087
只记花开不记年	积雪草	088
草木有柔肠	傅　菲	089
声声叫着夏天	鲍安顺	090
一船渡古今	米丽宏	091
大地上的"星辰"	安　宁	092
观鸟，不期而遇的惊喜	王小柔	093
储存时间的溶洞	梁　衡	094
野蔓之誓	简　嫃	095
大地上的事情	苇　岸	096
碗　美	白音格力	097
夜晚是个村庄	草　予	098

伍
一笔长空

要有输的风度	刘　墉	099
好的语言不古怪	汪曾祺	100
读书这项秘密活动	莫　言	101
什么是好的语言	贾平凹	102
欲扬先抑，让情节波澜起伏	王秋珍	103
语言是文章的衣裳	梁　衡	104
模仿名家学写作	和菜头	105
高考作文的写作之道	韩浩月	106
写作需要真功夫	梁晓声	107
高考作文的六字真经	曾　颖	108
如何写出一个好故事	郝广才	109
文章之法	周国平	110
阅读时，不要放过你的耳朵	毕飞宇	111
"分""合"之理	曹南才	112
作文的"秘诀"	项　伟	113
写作功夫课	徐博达	114
作文是一件开心的事	肖复兴	115
大师只写家常文	陈鲁民	116
你的形容词可以从句子中"抠"出来吗	午　歌	117
动人与留人	游宇明	118

陆
星河璀璨

磨 ······	黄永武	119
20岁，我被《意林》拯救 ······	何家豪	120
攻打20岁的灰色童话 ······	刘昭璐	122
汉江夜游 ······	蒲继刚	124
在深山发芽 ······	鲁慧旎	126

壹·时光浅唱

悲哀永不长久

◎史铁生

不久前,我偶然读到一篇英语童话——我的英语不好,妻子把它翻译成中文:战争结束了,有个年轻号手离开战场回家。他日夜思念着他的未婚妻,路上更是设想着如何同她见面,如何把她娶回家。可是,等他回到家乡,却听说未婚妻已同别人结婚,因为家乡早已流传着他战死沙场的消息。

年轻号手痛苦至极,便又离开家乡,四处漂泊。孤独的路上,陪伴他的只有那把小号,他便吹响小号,号声凄婉悲凉。有一天,他走到一个国家,国王听见了他的号声,让人把他唤来,问他:"你的号声为什么这样哀伤?"号手便把自己的故事讲给国王。国王听了非常同情他……看到这儿我就要放下了,猜那又是个老掉牙的故事,接下来无非是国王很喜欢这个年轻号手,而他也表现出不俗的才智,于是国王把女儿嫁给了他,最后呢?肯定是他与公主白头偕老,过着幸福的生活。

妻子说不,让我往下看:……国王于是请国人都来听这号手讲他自己的故事,并听那号声中的哀伤。日复一日,年轻人不断地讲,人们不断地听,只要那号声一响,人们便围拢过来,默默地听。这样,不知从什么时候起,他的号声已不再那么低沉、凄凉。又不知从什么时候起,那号声开始变得欢快、嘹亮,变得生气勃勃了。

故事就这么结束了。就这么结束了?对,结束了。当意识到它已经结束了的时候,忽然间我热泪盈眶。

父亲的虚荣

◎ 肖复兴

长篇小说《我父亲的光荣》，是法国著名作家马塞尔·帕尼奥尔"童年三部曲"的第一部。在这部小说里，有一段非常有意思：当父亲用一杆破枪，终于击中了普罗旺斯最难以击中的林中鸟王——霸鸫的时候，情不自禁地和霸鸫合影，记录下自己的战功。

我读过法国女作家安妮·艾诺的一本书《位置》，写的也是父亲。她的父亲经历了两次世界大战，战后开了一家小酒馆，艰苦度日。身份比帕尼奥尔的父亲还要低下而卑微，但一样有着作为父亲的虚荣心。没有文化，没有钱，父亲拿着二等车票却误上了头等车厢，被查票员查到后要求补足票价时被伤自尊，却还要硬装作一副驴死不倒架的样子来。爱和女客人闲聊时说些粗俗不堪的笑话，特别是星期天父亲收拾旧物时手里拿着一本低俗刊物，正好被她看到的那种尴尬，又急忙想遮掩而装作若无其事的那种虚荣……

看，父亲的虚荣，并非个别。不管什么身份、什么出身、什么地位的父亲，都有着大同小异的虚荣心。只不过，艾诺的父亲手里拿着一本低俗刊物，帕尼奥尔的父亲手里拿着一张和霸鸫的合影。刊物也好，照片也好，都那么恰到好处地成了父亲虚荣心的象征，让看不见的虚荣心有了看得见摸得着的形象。

我想起48年前的一桩往事。那时，我还在"北大荒"插队，有了一位女朋友，她是天津知青。她来北京那天，我从火车站接她回到家，只有母亲在家。我问母亲我爸去哪儿了。她告诉我："给你买东西去了，这就回来！"正说着，父亲的手里拎着一网兜水果，已经走进院子。这一天，他是特意请了假，先将干活儿的工作服和手套藏好，再出门买水果，来迎接我的女友。我明白，他买来的这些水果，是为了遮掩一下当时家里的窘迫，也是为了遮掩他当时的虚荣心。

读过帕尼奥尔和艾诺的书后，48年前，父亲手里拎回的那一网兜水果，和帕尼奥尔父亲手里拿着的那张照片、艾诺父亲手里拿着的那本刊物，一起一再浮现，叠印在我的眼前。

其实，父亲买的水果不多，只是几个桃、几个梨，还有两小串葡萄。一串是玫瑰香紫葡萄，一串是马奶子白葡萄。我记得那么清晰。

只要月亮还在天上

◎张 炜

人这一辈子需要不时地犒赏，为了多些欢乐，就得好好过节。没有比外祖母更懂这个道理的人了，所以她最重视节日，只要是节日就不肯放过，一定会把它过得像模像样。

这一年中秋节，已经到了半夜，我们躺在炕上，看着月亮想心事，想啊想啊，就睡着了。正睡着，听到有人来敲我们的门。我和外祖母从炕上跳下来时，妈妈已经起来了，先一步打开了屋门。一个细高个子进来了。我一眼认出是爸爸。

"啊，爸爸！"我跳起来，两脚还没有落地，他就把我接住了。

爸爸的头发上落满了月光，白灿灿的。爸爸回来得太突然了，大家都高兴坏了。妈妈和外祖母齐声问："你怎么回来了？"爸爸语气十分平静地回答："回家过节。"我看到妈妈脸上流下了两道泪水。外祖母没说什么，转身到黑影里忙着什么。

我心里一阵难过：我们如果早一点知道爸爸要赶回来多好。可怜的爸爸，没能和我们一起过节。太可惜了，今晚的事会让我们难过一辈子。

正这样想着，外祖母已经点亮了灯，端过来说："来，咱们重新过节。"妈妈一下醒悟过来，赶紧和外祖母一起忙活：大圆木桌被再次抬到院子里，一个个碟子、钵子全端出来了。特别是酒瓶和杯子，它们一样不少地被摆在了桌上。

现在已经过了半夜，月亮已经歪到西边。不过天色还是很亮，空中没有一丝云彩。一只小鸟在不远处叫了一声，有什么动物在附近的树上跳跃着。啊！我们要接着过节。

我会永远记住这个中秋之夜，记住爸爸讲的事情。

在我们海边这里，除了春节，就数中秋节最隆重了，一般出远门的人都要在这两个节日赶回来，与全家团聚。可是爸爸一年里只有两个假期，每个不超过三天。

他是一路跑回来的，只用了一天多一点的时间，就走完了两天的路程。他一路上叮嘱自己的只有一句话："只要月亮还在天上，就不能算晚！"

外祖母背过身去。妈妈也在抹眼睛。我抬头看着天空：啊！月亮还在，爸爸真的追上了它。

什么是幸福

◎马 德

什么是幸福呢？

有一年，我的鼻子上长了个疮包，开始我以为它是颗粉刺，就随便一挤；结果，它迅速肿大起来，两三倍于原来的样子。

对这样的感染，医生的说法很形象——它"怒"了。涂了好多种药膏也不顶事，总是时好时坏的。生活一下子变得不方便起来。洗脸要避开它，手巾左脸抹一把，右脸抹一把，就算是洗了脸。洗澡更是不可能。

有一次，我实在没办法了，就往头上套了个塑料袋，洗了一个澡。但也要把手搭在鼻子上方，生怕水流的冲击刺激到它。

问题的关键是，即便这样小心伺候，它也总是不好。每天，鼻子上顶着一个疮包，还得上班、上课。我甚至想，难道它这辈子都要"蹲"在我鼻子上吗？去北戴河旅游，大家在海里嬉戏，我心一横，想，反正也不好，管它呢！也一个猛子扎进海里，畅游起来。那天，在海里泡了差不多两小时，上岸之后，大家惊呼："嘿，好像你鼻子上的那个家伙小了很多。"我对镜自照，惊喜不已，觉得海水消炎就是厉害。

随后几天，我有空就泡在海水里，不为别的，只为它能快快好起来。

待了四五天，临返程的时候，它已经足够小了，我以为它会就此偃旗息鼓，哪曾料到，还没到家，就又鼓胀起来，一如先前。

我每天早上醒来的第一件事，就是闭上一只眼，再眯缝上另一只眼，用这只眼的余光，扫描一下疮包的高耸程度。它已经严重影响了我的心情。以镜子照观其形状，用手摸验其大小，小则喜，大则哀，一天到晚，它成了我生活的重心甚至全部。

久疮成医。有一天，我试着把一种消炎的针剂溶在酒精里，然后，用镊子夹着酒精棉球饱蘸液体，放在疮包部位一刻钟，一天三次。果然，它渐渐小了下来。后来居然结痂了，痂落，我终于活回了原来的自己。

我痛快地洗了一次脸，再也不用遮遮掩掩地洗澡了。什么是幸福？幸福就是你能痛快地洗脸，痛快地洗澡。人生类似的幸福，恐怕多不胜数吧。有时候，真的不是非要得到什么，没了纠缠和滋扰你的东西，就是幸福。

大雨并不是只淋着你一个人

◎ 曾 颖

青春时期，我常常觉得自己是天下最苦命悲催的人，这固然有因为喜爱文学而"为赋新词强说愁"的矫情，也有自己家境贫困且在偏远山区干着永无出头之日的工作的绝望。我甚至有一种幻觉，整个世界都是晴空万里，唯独我头上伞一般顶着一朵雨云，全天候无死角地将我淋得冰湿……

那段时间，我有点像祥林嫂，逢人便如乞丐般亮出自己的伤口，絮絮叨叨地展示自己的痛苦与委屈，以求得一星半点、真假难辨的开解与安慰。但也许这是一个累人的活，渐渐地，我发现，朋友们开始躲我，这让我的悲哀与自艾更甚。

有一天，我独自在离厂子不远的大王庙转悠，突然遭遇一场大雨。我在大殿外的瓦廊下百无聊赖地想婉约诗句排解无聊，这时，一位别的车间的同事，也全身湿透地逃进长廊。我们就随意聊了起来，从檐前的雨，到被雨淋弯腰的花草，到我们花草一般脆弱的运气，以及不景气的厂子和不久前的那场失恋……天气本来湿冷，我的话语，则更是把周遭的气场带得阴沉。

几个比我们淋得更湿的香客从雨中冲来，一面拧着衣服抖着水，一面抱怨着天气。

那位同事，冲口说出一句话，作为结语："总之，你记着，大雨并不只是淋着你一个人，所有的人都一样，只是他们不常说而已。不要觉得世界上痛苦的只有你一个人！"

那番话，如同带着闪电的惊雷，把我劈醒了。抬眼一望，四周湿透的人们各有笑语；再回想身边的众人，有家境比我惨的，有从小失去妈妈的，有因为有残疾至今没谈过恋爱的……这些人，没有一个，如我一样天天哭丧着脸，向人们诉说自己的绝望与无力，有时还要忍痛听着我的吐槽，那是怎样的一种场景？

大雨，并不是只淋你一个人，如同痛苦并非某个人独自拥有。而真正的强者，是那些勇于面对和担当的人，而非随时都在碎碎念的弱者。

自那以后，我不再向人展示哀怨。我甚至感觉，那天那场雨和那位并不熟悉的同事，也是某种力量特意安排的，还有那番借同事之口说出的看似平淡却无比有力量的话。

对一根木头的尊重

◎刘亮程

前不久,我在喀纳斯景区游玩,一个山庄老板告诉我,他那里有一根奇异的大木头,让我过去看一看。我对大木头一向好奇,就跟了过去。

一进山庄,里面果然立着一根非常高大的木头,头朝下栽在土里,根须朝天张牙舞爪。我看了非常生气,对老板说:"你怎么把这么大的一棵树头朝下栽着呢?"老板说:"这是棵死树。"我说:"死树也是树。它有生长规律,是头朝上,像我们人一样,你不能因为一棵树死了,就把它头朝下栽到土里。假如你死了,别人把你头朝下埋到土里,你肯定也不愿意,你的家人也不愿意。"

这个老板显然不懂得该怎样对待一根木头。谁又懂得这些呢?我们现在做事普遍缺少讲究。我们只知道用木头,用它搞建筑,做家具,但不知道该怎样尊重地用一根木头。我们不讲究这些了。但我们的前辈讲究这些,我们古老文化的特征就是对什么都有讲究。有讲究才有文化。没讲究的人没文化。

记得几年前我装修一家酒吧时,买了一根长松木杆,要安在楼梯上当扶手。木工师傅把木头刮磨好,问我:"这根木头该怎么放?"

我反问:"你说该怎么放?"

他看看我说:"应该是小头朝上,大头朝下。我们老家都是这样做的。"

木工师傅的话让我对他刮目相看。他显然没有上过多少学,但是他知道起码的一点,木头要小头朝上,大头朝下。原因很简单,树活的时候就是这样长的,即使它成了木头,被做成一个楼梯的扶手,也要顺着它原来的长势,不能头朝下放。

我从小就知道盖房子时木头该怎样放。以前到了村里人家,习惯仰头看人家房顶的椽子、檩子,有的人家也不讲究,看到不讲究地摆放木头我就觉得不舒服。

中国人讲究顺,这个顺就是道。道是顺应天地的,包含天地万物的顺。我们干什么事不能只考虑人顺,只有身边万物都顺了,生存其间的人才会顺。木头的顺是什么?就是根朝下,梢朝上。活着时是这样长的,死了的木头也是树,也应该顺着它。

世界上最好的树

◎董改正

十三岁那年的秋天，一场突如其来的泥石流掀掉了皇姆岭下的山皮，有人在金红的夕阳里发布了一条消息：被山洪连根拔起的大树因为枝缠根绕，没被洪水冲走。正在吃饭的村人丢下手里的碗筷，纷纷朝山里跑去。

皇姆岭离村很远，逆溪而上有十来里，一路崎岖难行，但我们不怕。我们这些少年有力、勇敢、无所畏惧，一定可以扛回来一棵大树，让父母大惊失色：太厉害了！

夕阳映红了一张张兴奋的脸，我们的心被一种激动难抑的英雄气鼓荡着，我们这是迎着夕阳，去做一件了不起的大事。

当我们辗转找到那处失去山皮的山坡时，夜已经很深了。我们在大石间各自寻找自己中意的大树，拿斧头砍掉枝丫和根茎。我记得那是一棵极长极粗的松树，散发着好闻的松香。我们终于侍弄完毕，扛着自己的树，深一脚浅一脚走上了归途。

夜路似乎比白天的长得多，好像永远没有尽头。汗从脊背滑下去，流过大腿，湿漉漉的，像一条条蠕动的虫子。肩膀应该是破了、肿了，碰一下就钻心地痛。这疼痛和疲惫将会是我们的骄傲和勋章。

我们歇肩了。七名少年默默地坐在月光下的山道旁，身边是他们最好的树。我也坐在那里，腿在剧烈地颤抖。

有人在自己横担的大树间蹲下去，试图扛起它再走，但他坐到了地上。他哭了。他抱着那棵树放声痛哭："我扛不动了！我扛不回去了！"他没有勇气让大树重新压到他流血的肩上。他站起来，哭着向前走去。我们默默摩挲着自己的树，都无声地放下了。

那个夜晚，我们的父母急疯了，吓坏了，他们寻遍了枫河和田野里的池塘，当看到一排七个泥猴一样的小人穿过田野时，他们站住了，狂喜地奔过来，搂着我们喜极而泣。他们说："别哭，先回去洗澡睡觉，明天我们去把它扛回来！"

父母有没有把我的树扛回来，我已经不记得了。几十年后搬家时，我并没有看到想象中的那棵树。那棵极粗壮的树，笔直，浑圆，散发着松香，那棵世上最好的树，好像消失了，却一直在我的心里。

我的记忆

◎席慕蓉

　　学生们一向和我很亲，上课时常常会冒出一些很奇怪的问题，我也不介意，总是尽量给他们解答。

　　有一天，一个胖胖的男生问我："老师，你逃过难吗？"

　　我想我知道什么叫逃难。在温暖的床上被一声声地唤醒，被大人们扯起来穿衣服，睡眼惺忪地被人抱上卡车。车上早已堆满行李，人只好挤在车厢的角落里，望着乳白色的楼房在晨雾中渐渐隐没，车道旁成簇的红花开得惊心。忽然，我们最爱的小狗从车后奔过来，一面吠叫，一面拼了全力追赶我们。

　　这是我所知道的逃难。当然，还有许多更悲伤更痛苦的命运，相比之下，我们一家反倒是极为幸运的了。

　　"外婆，怎么现在都没人来跟我们要钱了呢？"有一天，妹妹忽然想起来，问外婆。我也想起来了，他们为什么不来了？

　　外婆一句话也不说，只是深深地叹了口气，然后，就牵着弟弟走开了，好像不想理我们两个，也不想理会我们的问题。

　　后来还是姐姐说出来的：家里情况日渐拮据，一家九口的担子越来越重，父母再也余不出钱来放在桌子上。有一天，那些人来敲门时，父亲亲自打开了屋门，然后一次次地向他们解释，已经没有能力继续帮助下去了。奇怪的是，那些一直不曾说过"谢谢"的人，那时反而都向父亲深深地一鞠躬后才转身离去。

　　向几个人说过以后，其他人好像也陆续知道了，两三天以后，就再也没有人来我们家，敲我们的门。

　　姐姐还说："爸爸不让我们告诉你们这三个小的，说你们还小，不要太早知道人间的辛苦。可是，我觉得你们也该多体谅一下爸爸妈妈，别再整天叫着买这个买那个的了……"

　　我不知道，我是不是从那天开始长大的。我始终没有回答我学生的那个问题。不是我不能，也不是我不愿，而是，我想要像我的父母所希望的那样，等到孩子们长大一点儿再告诉他们。要他们知道了以后，永远都不忘！

第一声喝彩

◎秦文君

我家附近有一户带院子的普通住家,女主人拖儿带女,有点早衰。她家的院子里种满了花,有时女主人就采下一些插在一个水桶里,在门口出售。

有一天黄昏,我路过那儿,看见院子里有两株玫瑰开得实在灿烂。我指着它们说想要。女主人摇摇头,说每年最好的两朵玫瑰她都要采摘下来寄给远方的两个女儿。女主人的丈夫埋怨妻子太落伍,认为还不如把花卖掉实惠,寄一包玫瑰花瓣给女儿毫无意义。可女主人执拗地摇摇头,眼里闪过与年龄不相称的羞怯。

翌日清早,我又路过那座鲜花盛开的院子,女主人正守着那两株红玫瑰,一脸慈爱。我忍不住告诉她:"我被感动了,正在心里为你喝彩。"

女主人很吃惊,一定要送我一束黄玫瑰,说:"从来没人这么说过我。"我回家数了数玫瑰,一共十朵,我把其中的一朵送给楼下的漂亮女孩,剩余九朵插入花瓶。那九朵玫瑰代表着我内心的祈盼:让我们每个人的生活中都有地久天长的喝彩声。因为我深知,第一声喝彩对一个人意味着什么。

在生活的长河里徜徉,谁都会有拿不准的时候,感觉自己没分量,甚至把握不住命运。若是此时传来一个鼓励的声音,那么这个人有可能成为一座大山。

记得我在念初中时有过一个同桌,她的牙齿长歪了,说话像男生那样大大咧咧。我不喜欢她的粗鲁,我们两个有过肩碰肩坐着却连着半个月没有开口说话的纪录。

在一次作文评比中,我的一篇精心之作没被评上奖,名落孙山,我为此心灰意冷,带着挫败感把那篇文章撕成碎片。这时,我那位假小子同桌忽然发出愤怒的声音,她说那篇文章写得很棒,谁撕它谁就是有眼不识泰山。

她是我写作生涯中的第一位喝彩者,那一声叫好等于拉了我一把,我当时就流下了泪水。当我回首往事时,就会遗憾为何当时不待她更温和一些,因为她是我生活中一道明媚的阳光。

也时常有人跑来谢我,说我的某一句肯定的话,使其眼前豁然一亮。其实,我早忘了我为他喝过彩。不过,那也无妨,当我们看到别人生命中的亮色时,不妨就大声喝彩。

永不褪色的迷失

◎赵丽宏

我儿时的照片留下的很少,就那么两三张。有一张一寸的报名照,是不到三岁时拍的。照片上的我,胖乎乎的脸,傻呵呵的表情,眼睛里流露出惊恐和疑问,还隐隐约约含着几分悲伤……看着这张照片,我很自然地回忆起儿时的一个故事,那是我最初的记忆之一。

那是我三岁的时候,有一次,跟父亲出门,在一条马路上走失在人群中。有人把我送到了公安局。就在我惊恐难耐的时候,女民警突然对着门口粲然一笑,口中大叫道:"瞧,是谁来了?"我回头一看,只见父亲已经站在门口。

我永远也忘不了父亲当时的模样和表情。他那一向很注意修饰的头发乱蓬蓬的,脸似乎也消瘦了一圈。当我扑到父亲的怀里时,噙在眼眶里的泪水一下子夺眶而出,委屈、激动、欢喜和辛酸交织在一起,化作了不可抑制的抽泣和眼泪。当我抬起头来看父亲的时候,不禁一愣:父亲的眼眶里也噙满了泪水!在我的心目中,父亲是不会哭的,哭是属于小孩子的专利。父亲的泪水使我深深地受到了震动。父亲紧紧地抱住我,口中喃喃地、语无伦次地说着:"我在找你,我在找你,我找了你整整一天,找遍了全上海;你不知道,我是多么着急……"

从公安局出来,父亲紧拉着我的手走在灯光灿烂的大街上。他问我:"你想吃什么?我给你买。"我什么也不想吃,只想拉着父亲的手在街上默默地走,被父亲那双温暖的大手紧握着,多么安全,多么好。然而,父亲还是给我买了一大包吃的东西,让我一路走,一路吃。走着,走着,经过了一家照相馆,看着橱窗里的照片,我觉得很新鲜。父亲见我对照片有兴趣,就提议道:"进去,给你照一张相吧!"当快门响动的时候,我的脸上依然带着白天的表情。于是,就有了那张一寸的报名照。在这张小小的照片上,永远地留下了我三岁时的惊恐、困惑和悲伤。

在西湖边散步时,我向父亲说起了小时候迷路的事情,父亲皱着眉头想了好久,笑着说:"这么久远的事情,你怎么还记得?"我说:"我怎么会忘记呢?永远也忘不了。你还记得吗?那时,你还流泪了呢!"

父亲凝视着烟雨迷蒙的西湖,久久没有说话。我发现,他的眼角闪烁着亮晶晶的泪花……

现在的冬天不如从前的冷了

◎苏 童

厄尔尼诺现象确实存在，一个最明显的例证是现在的冬天不如从前的冷了。

记忆中冬天总是很冷。西北风接连三天在窗外呼啸不止，冬天中最寒冷的部分就来临了。母亲把一家六口人的棉衣从樟木箱里取出来，六个人的棉衣、棉鞋、帽子、围巾，不管你愿意不愿意，你必须穿上散发着樟木味道的冬衣；不管你愿意不愿意，你必须走到大街上去迎接冬天的到来。

冬天来了，街道两边的人家关上了在另外三个季节敞开的木门，一条本来没有秘密的街道不得已中露出了神秘的面目。室内和室外其实是一样冷的，闲来无事的人都在空地上晒太阳。这说的是出太阳的天气，但冬天的许多日子其实是阴天，空气潮湿，天空是铅灰色的，一切似乎都在酝酿着关于寒冷的更大的阴谋，而有线广播的天气预报一次次印证着这种阴谋，广播员不知躲在什么地方用一种心安理得的语气告诉大家，西伯利亚的强冷空气正在南下，明天将到达江南地区。

孩子们在冬天的心情是苦闷的、寂寞的，但一场大雪往往突然改变了冬天乏味难熬的本质，大雪过后孩子们冲出家门、冲出学校，就像摇滚歌星崔健在歌中唱的，他们要在雪地里撒点野，为自己制造一个捡来的节日。我最初对雪的记忆不是堆雪人，也不是打雪仗，说起来有点无聊：我把一大捧雪用手攥紧了，攥成一个冰碗，把它放在一个破茶缸里保存。我脑海里有一个模糊的念头，要把那块冰保存到春天，让它成为一个绝无仅有的宝贝。结果可以想见，几天后我把茶缸从煤球堆里找出来，看见茶缸里空无一物，甚至融化的冰水也没有留下，因为它们已经从茶缸的破洞处渗到煤堆里去了。

人人都说江南好，但没有人说江南的冬天好。我这人对季节气温的感受总是很平庸，异想天开地期望有一天我这里的气候也像云南的昆明，四季如春。我不喜欢冬天，但当我想起从前的某个冬天，缩着脖子走在上学的路上，突然听见我们街上的那家茶馆里传来丝弦之声，我走过去看见窗玻璃后面热气腾腾，一群老年男人坐在油腻的茶桌后面，各捧一杯热茶，轻轻松松地听着一男一女的评弹说书，看上去一点也不冷。我当时就想，这帮老人，他们倒是自得其乐。现在我仍然记得这个冬天里的温暖场景，我想，要是这么着过冬，冬天就有点意思了。

颤抖的羽毛

◎金 波

　　记得在小学三、四年级的时候，学校里玩起踢毽子的游戏。不但看踢的技巧，还要比一比谁制作的毽子最漂亮。我决心在制作毽子上超过别人。

　　我家养了一只大公鸡，它尾巴上的翎毛在阳光的照耀下变幻着不同的色彩。我要用它的翎毛为自己制作一只漂亮的毽子。

　　这天，我约了几个要好的同学，我们摆好了包围圈，慢慢地缩小着。大公鸡似乎早已预感到危险，它伸长了脖子，竖起了羽毛，好像要和我们争斗一场。当我们扑向它的时候，它腾空而起，从我们的头顶飞了过去，逃出了包围圈。

　　我们再次摆开了阵势，一窝蜂地扑了上去，终于擒住了它，七手八脚地拔着它的翎毛。公鸡"咯咯"地叫着，它再也忍受不住疼痛，竟然拼出了那么大的力气，一下子就挣脱了我们，又一次腾空飞起来。

　　大概是因为冲劲过猛，它竟然冲进了一个很深、很大的蓄水池。鸡是不会游泳的。水池四周又有高高的围墙，即使它勉强扑腾到池边，也无法爬上围墙。

　　我们趴在池边看着公鸡在水中挣扎，心里很着急。我们找来了一根长长的竹竿，想让它攀着爬上来。谁知它一见竹竿，以为我们要打它，吓得逃到了池子的另一个角落。

　　我们都不会游泳，谁也不敢下到水里。

　　那只大公鸡在水里泡了很久，浑身的羽毛都湿透了。它有气无力地闭上了眼睛，眼看着就要被淹死。它再也无力反抗了，我们找来一个铁钩子才把它打捞上来。它躺在地上一动不动地喘着气。同学们见它要死了，很害怕，都悄悄地走了。

　　我独自守护着我的公鸡，给它端来米饭和水，可是它连眼都不睁。

　　第二天一早，我怀着惴惴不安的心情，带着新制作的毽子来到学校。同学们都围了上来，纷纷夸奖我的毽子最漂亮。可是我高兴不起来，我还在惦记着我那只大公鸡，不知它是死是活。我望着手中的毽子，它在瑟瑟地颤抖着。

　　后来，我的那只大公鸡还是慢慢地站起来了，又开始吃东西，"喔喔"地叫起来。

　　我总是很偏爱它，常常单独喂它一些好吃的。但是，我从来没有让它看见过我那只漂亮的毽子。

"失败"的人

◎王小波

　　我相信对于任何人来说，"限度"总是存在的。再聪明再强悍的人，能够做到的事情也总是有限度的。《老人与海》中的老人圣地亚哥不是无能之辈，然而，他遇到他的"限度"了，就像最好的农民遇上了大旱，最好的猎手久久碰不到猎物一般。每个人都会遇到这样的限度，仿佛是命运在向你发出停止前行的命令。可是老人没有沮丧，没有倦怠，他继续出海，向限度挑战。他终于钓到了一条鱼。

　　如同那老人是人中的英雄一样，这条鱼也是鱼中的英雄。鱼把他拖到海上去，把他拖到远离陆地的地方，在海上与老人决战。鱼在水下坚持了几天几夜，使老人不能休息，穷于应付，把他弄得血肉模糊。

　　这时，只要老人割断钓绳，就能使自己摆脱困境，得到解放，但这也就意味着宣告自己是失败者。老人没有做这样的选择，他把那条大马林鱼当作一个可与之交战的对手，一次又一次地做着限度之外的战斗。他战胜了。

　　老人载着他的鱼回家去，鲨鱼在路上抢劫他的猎物。他杀死了一条来袭的鲨鱼，但是折断了他的渔叉。于是，他把刀子绑在船桨上做武器。等到刀子又折断的时候，似乎这场战斗已经结束了。他失去了继续战斗的武器，他又遇到了他的限度。这时，他又进行了限度之外的战斗：当夜幕降临，更多的鲨鱼包围了他的小船，他甚至用一根从断了的桨上锯下来的短棍和鲨鱼搏斗……

　　老人回到岸边，只带回了一条大马林鱼的白骨，以及残破不堪的小船和耗尽了精力的躯体。该怎样看待这场斗争呢？有人说老人圣地亚哥是一个失败的英雄。尽管他是条硬汉，但还是失败了。

　　什么叫失败？也许可以说，人去做一件事情，没有达到预期的目的，这就是失败。只有那些安于自己"限度"之内的生活的人才总是"胜利"。这种"胜利者"之所以常胜不败，只是因为他的对手早已被降伏，或者说，他根本没有投入斗争。

　　人类向限度屈服，这才是真正的失败。而没有放下手中的武器，还在继续斗争，继续向限度挑战的人并没有失败。

　　他和其他许多人一样，是强悍的人类的一员。我喜欢这样的人，也喜欢这样的人性。

活得有趣，才是人生最高的境界

◎ 贾平凹

生活不容易，对活得有趣的人来说，生活是不断破墙而出的过程；对无趣的人来说，生活是为自己筑起一道一道的围墙。

现代著名作家郁达夫，有一次和妻子王映霞一起看电影，一时得意，把鞋子脱下来，盘腿坐着，感觉很舒服。王映霞忽然发现他的鞋底竟然有一些钱，立刻质问他为什么要在鞋底藏钱。郁达夫急忙解释说，刚踏入社会的时候很穷，吃尽了没钱的苦头，现在有点名气了，也有点钱了，但是钱这东西欺压了他好多年，所以要把钱踩在脚底出气。王映霞一听，疑虑顿消，和丈夫一起感慨起来。看看，有趣的人就是会解决问题，藏个私房钱被发现了还能自圆其说，逃过一劫。

活得有趣，与知识多少无关，与挣钱多少无关，只与幽默乐观的生活态度有关。如何活得有趣？要有些爱好，古人说，"人无癖不可与交，以其无深情也"。一个人没有特别的爱好，也就"无深情"，没有真性情，怎么会有趣，谁又愿意与之交往呢？

古代有一个棋迷，他对别人说："像昨天晚上棋瘾那么大的人，我还从没见过，他们两个人蹲在一条小船上，竟然下了整整一夜！那船小得连坐的地方都没有，两人只好蹲着。"别人问："你是怎么知道他们下了整整一夜的？"棋迷说："这可难不倒我，我是一直站在水里看的！"这个棋迷或许可笑，但他不是很有趣、很快活吗？

无趣的人，往往"三观"太正，功利心太强，对生活用力过猛，凡事都要问"有用吗，有好处吗"，因此，无趣的人多数浅薄狭隘。与无趣的人相处，往好处说，是一种磨炼，一种修炼；往坏处说，是一种折磨。

人生在世，谁没有脆弱与彷徨？难得的是不失本性，不忘初心，一个人安静地过日子，在默然无语中开出花来。活着不是为了迎合别人，献媚世界，而是为了取悦自己，自得其乐，对镜子里的自己肃然起敬。

懂得取悦自己的人，才会在生活中寻觅悠闲，悠闲就是原生态的自由自在，如同花儿开放，鸟儿飞翔，云在天上，鱼在水中。

活得有趣，取悦自己，才是人最和谐、最完美的状态，也是人生最高的境界。

与羊为伍

◎ 王 族

刘慎鄂虽然是一位植物学家，但人们仍一贯把他当作一位行者看待。

刘慎鄂1931年从北京出发，穿过大沙漠，进入昆仑山进行科学考察。进入大山之后，音讯全无。人们都以为他在某一场大风雪和某一个寒夜中化成了一座冰雕。没想到一两年以后，他竟奇迹般地在印度出现，令世人惊叹不已。

在这条"天路"上行走，一日可遇四季。高山反应有时候就像恶魔的双手一样，紧紧揪着你的神经，让你头痛欲裂，痛不欲生。翻越海拔五六千米的达坂和空气不怎么流通的昆仑山时，每个人几乎都会在心里发誓，此生再也不上昆仑山一步，哪怕别人每天给自己一万元的报酬。在这样的情况下，没有任何保障依靠的刘慎鄂，要凭着一双脚翻越雪山峡谷，设身处地地想想他遭遇的具体情况，不由得让人依然在心里吃紧。

我想刘慎鄂肯定也后悔过，绝望过，因为在那样高海拔的地方，没有一丝生命的迹象，没有一个可以给你安慰的东西，有的只是凄冷的雪山和深褐色的山岩。刘慎鄂作为植物学家，肯定比别人更明白雪山是"永冻层"，高原是"生命禁区"的可怕。与如此可怕的自然环境相对立的，是自己弱小的生命。几乎每往前迈一步，都有一种要被吞噬的感觉。但刘慎鄂一直走了过去。

刘慎鄂走进昆仑山后不久，就迷失了方向。于是，他买了一群羊，一边放羊，一边走，以自己的羊充饥，不可思议地穿过了高原无人区。

我想刘慎鄂是深谙游牧文化的，所以，在绝望之中，他马上就想到游牧民族常用的边牧羊边生活的方式。他那样做，不光减轻了体力上的重负，而且从顽强不息，总是在路上发出"咩咩"欢叫的羊身上得到了安慰。

那群羊同样因为被他选择而有了特殊的使命。生命总会在某种方式中更为沉重、更为轻盈，是它们，与刘慎鄂一起在昆仑山上创造了不可能中的可能，完成了一次不可思议的行走。据说，当刘慎鄂走出无人区时，那群羊还剩几只。他将它们送给了当地牧民，没想到没走多远，那几只羊"咩咩"大叫着，追了上来，他抱着它们的头，泪水忍不住冲涌而下。

至此，生命再次向我们展现出它的某些重要的东西。

森林中的绅士

◎茅 盾

　　据说北美洲的森林中有一种"得天独厚"的野兽，那就是豪猪。它是"森林中的绅士"！豪猪的"绅士风度"之可贵，尚不在那一身的钢针似的刺毛。它是矮胖胖的，一张方正而持重的面孔，老是踱着方步，不慌不忙。若非万不得已，它决不旅行，整年整季，它的活动范围不出四里地。

　　它也不怕跌落水里去，它全身的二万刺毛都是中空的，它好比穿了件救生衣，一到水里，自会浮起来的。而这些空心针似的刺毛又是绝妙的自卫武器，别的野兽身上要是刺进了几十枚这样的空心针，当然会有性命之忧，因为这些空心针是角质的，刺进了温湿的肌肉，立刻就会发胀，而且针上又遍布了倒钩，倒钩也跟着胀大，倒钩的斜度会使得那针愈陷愈深。因此，遇到外来的攻击时，豪猪的战术是等在那里"挨打"，让敌人自己碰伤，知难而退。因为它那些刺毛只要轻轻一碰就会掉落，而又因其尖利非凡，故一碰之下未有不刺进皮肉的。

　　然而具有这样头等的自卫武器的它，却有老大的弱点：肚皮底下没刺毛，小小的老鼠只要能够设法钻到豪猪的肚皮底下，就是胜利了。但尤其脆弱者，是豪猪的鼻子。一根棍子在这鼻尖上轻轻敲一下，就是致命的。这些弱点，豪猪自己知道得很清楚；所以遇到敌人的时候，它就把脑袋塞在一根木头下面，这样先保护好它那脆弱的鼻子，然后四脚收拢，平伏地面，掩蔽它那不设防的腹部，末了，就耸起浑身的刺毛，摆好了"挨打"的姿势。当然，它还有一根不太长然而也还强壮有力的尾巴（和它身长比较，约为五与一之比），真是一根狼牙棒；它可以左右挥动，敌人要是挨着一下，大概受不住。

　　它的一切生活方式——连它的战术在内，都是典型的绅士式的。好好的它会忽然发出了声音摇曳而凄凉的哀号，单听那声音，你以为这位"森林中的绅士"一定是碰到绝大的危险，性命就在顷刻间了；然而不然，它这时安安逸逸坐在树梢上，它这样无病而呻吟是玩玩的。

　　据说向来盛产豪猪的安地郎达克山脉，现在也很少看见豪猪了。为什么这样"得天独厚"，具有这样巧妙自卫武器的豪猪会渐有绝种之忧呢？是不是它那种太懒散而悠闲的生活方式使之然呢？

爱到无力

◎丁立梅

母亲踅进厨房有好大一会儿了。我们兄妹几个坐在屋前晒太阳，等着开午饭，一边闲闲地说着话。这是每年的惯例，春节期间，兄妹几个约好了日子，从各自的小家出发，回到母亲身边来拜年。

这次回家，母亲也是高兴的，围在我们身边转半天，看着这个笑，看着那个笑。母亲突然想起什么似的说："我要到地里挑青菜了。"却因找一把小锹，屋里屋外乱转了一通，最后在窗台边找到它。姐姐说："妈老了。"

妈真的老了吗？我们顺着姐姐的目光，一齐看过去。母亲在阳光下发愣，说："我要做什么来着？哦，挑青菜呢。"母亲自言自语。

厨房里，母亲在切芋头，切几刀，停一下，仿佛被什么绊住了思绪。她抬头愣愣地看着一处，复又低头切起来。我跳进厨房要帮忙，母亲慌了，拦住，连连说："快出去，别弄脏你的衣裳。"

我继续坐在屋前晒太阳。阳光无限好，仿佛还是昔时的模样，温暖，无忧。却又不同了，一些现实无法回避：祖父卧床不起已好些时日，大小便失禁，床前照料之人，只有母亲。姐姐的孩子，好好的突然患了眼疾，视力急剧下降，去医院检查，竟是严重的青光眼。母亲愁得夜不成眠，逢人便问，孩子没了眼睛咋办呢？弟弟婚姻破裂，形单影只地晃来晃去，母亲当着人面落泪不止。母亲自己，也是多病多难的，贫血，眩晕；手有严重的风湿性关节炎，疼痛，指头已伸不直了。

我再进厨房，钟已敲过十二点了。母亲竟还在切芋头，旁边的篮子里，晾着洗好的青菜。锅灶却是冷的。母亲昔日的利落，已消失殆尽。看到我，她恍然惊醒过来，充满歉意地说："饿了吧？饭就快好了。"我说："妈，还是我来吧。"我麻利地清洗锅盆，炒菜烧汤煮饭，母亲在一边看着，没再阻拦。

回城的时候，我第一次没大包小包地往回带东西。母亲内疚得无以复加，反反复复地说："让你空着手啊，让你空着手啊。"以前我总以为，我的母亲，永远是母亲，永远有着饱满的爱，供我们吮吸。而事实上，不是这样的，母亲犹如一棵老了的树，在不知不觉中，它掉叶了，它光秃秃了，连轻如羽毛的阳光，它也扛不住了。我的母亲，终于爱到无力。

谢谢你，
曾经允许我不爱

◎ 刘继荣

　　周一早晨，我紧张而又兴奋，因为我的竞赛课就要开始了。这是一节级别很高的竞赛课，有各校领导做评委，还有许多教育界的专家到场。

　　我拿着书正准备去教室，美术老师却气呼呼地闯了进来。他告诉我，市里举行"我最爱的人"儿童绘画大赛，我班绘画天分颇高的安锐故意捣乱，把妈妈画成了老巫婆。

　　看到安锐的画，我也很吃惊。画上的妈妈，那一双眼睛尤其奇怪，一只画成了一团浑浊的雾，另一只眼角有泪滴下来，而手用了怪诞的紫黑色。

　　我还没来得及说什么，铃声响起来。这堂课的题目是"我爱四季"。孩子们争先恐后，唱歌似的说个不停，连那些正襟危坐的评委，也露出赞许的表情。

　　只要一个简单的小结，这节课就可以漂亮地结束了，忽然一直沉默的安锐举手了，他的声音很小，却很清晰："老师，我不爱秋天和冬天，可以吗？"

　　教研组长皱着眉，对我指指墙上的时钟。我有刹那的犹豫，为了我上一节完美的课，而不允许一个学生把话说完，我做不到。这时，铃声刺耳地响起来，我没有打断安锐。

　　"我妈妈是清洁工，到了秋天，落叶扫也扫不完；冬天一下雪，半夜就得起来扫雪。妈妈的手都生了冻疮，整天流血。"

　　安锐举起那张画："我爱妈妈的眼睛，她的右眼得了白内障，什么都看不见了；左眼老是流泪，晚上她就流着眼泪，给我织毛衣，给爸爸煎药。我爱妈妈的手，她的手是紫黑色的，可妈妈的这双手养活了我们全家。"

　　"我爱我的妈妈，可我不想爱秋天和冬天，老师，可以吗？"他看着我，眼睛里是不安的期待。我哽咽着微微点点头，郑重地举起了自己的右手。在我渐渐模糊的眼睛里，我看到有许多举起的手臂，有学生们的，有老师的，甚至还有评委和专家们的。安锐笑了，这是世界上最无邪的笑，比任何一个奖杯都令人陶醉。

　　十年后，安锐在寄给我的贺卡里写道：谢谢你，曾经允许我不爱，这让我在今后的岁月里，能够从容地去爱。现在，我热爱生命的每一天，因为在8岁那年，我遇见了世上最好的爱。其实，我遇见的，又何尝不是世上最好的爱？

踏雪寻梅

◎刘　墉

小学三年级，大家上台演唱《踏雪寻梅》："雪霁天晴朗，腊梅处处香，骑驴灞桥过，铃儿响叮当……"每个人手上拿个铃鼓，边唱边拍，前两句用手拍，后两句攥着铃鼓往腿上打。这真是过瘾极了！尤其往身上打的时候，配合歌词的"响叮当、响叮当"，一个字打一下，特别有意思。

既然得意，当然要表演给爸爸看。那时爸爸已经因为直肠癌住院四个多月。每一遍唱完，爸爸都带着大家鼓掌，还说："我儿真是小天才，会画画，还会唱歌跳舞！"又问我："你知道什么是蜡梅吗？"

我说："老师讲了，就是腊月的梅花。"爸爸先怔了一下，问："老师这么说的？老师错了！蜡梅不是梅花，那个蜡也不是腊月的腊，蜡梅是另一种花，因为是黄色的，很像用蜡油捏出来的，所以叫蜡梅。蜡是虫字边，不是月字边。"

我立刻叫了起来："就是月字边，我有歌词，不信你看！"可惜那天我只带了铃鼓，没带谱。任爸爸怎么说，我都不信。因为那是老师教的，也是谱子上印的。连我离开病房的时候，都愤愤地回头喊："爸爸骗人！"

昏暗的灯光下，爸爸斜着身子，瘦削苍白的脸，静静看着我，好像有很多话要说又没说出来。这画面我一生难忘，因为那是我见到父亲的最后一面。

到二十多年后，才看到真正的蜡梅。那天酷寒，泥土地都冻得像铁。一棵九尺高的小树呈现眼前，如箭的枝条上开满黄色的花朵。我绕着树走，看见树上挂个牌子，写着大大的两个汉字——"蜡梅"。

又过了二十多年，我终于自己种了蜡梅。冬日里只要剪一枝进屋，过两三天就会开。我隔几日剪一枝，前面的凋零了，新剪的又接上，可以这样踏雪寻梅半个冬天。从外面剪进来的蜡梅，因为屋子温暖，一下子绽放了几十朵。醉人的馨香中，我恍如回到童年，耳边响起叮叮当当的铃鼓声和《踏雪寻梅》的歌声："好花采得瓶供养，伴我书声琴韵，共度好时光！"

我在心里说：爸爸对不起，我错了！蜡梅确实是虫字边，不是月字边。见到蜡梅的那一天，我就想对您说，拖到现在，因为我很难面对，六十年前在您病房的那一刻。

爱的巢

◎ 华 姿

　　鸟在单身的时候，只需一片树叶当屋顶，就可以度过所有的白天与黑夜。但是，当准备生育孩子的时候，它就需要筑巢了。所以，鸟筑巢并非为了自己，而是为了孩子。

　　草叶、苔藓、根茎和嫩枝，都是它们的建筑材料。但这些材料只能用来建房子，不能用来做床垫。若要让初生的幼鸟住得舒适些，那就得有柔软又保暖的材料，比如羊毛、鸡毛、棉花、布片，以及某些植物的绒毛等。为此，它们常常蹑手蹑脚地跟在羊群的后面——只有这样，才能捡到羊毛；它们又常常从这个鸡窝飞到那个鸡窝——只有这样，才能捡到鸡毛；或者偷偷地躲在农妇的屋檐下——只有这样，才能趁她不在时叼走她晾晒的棉花或棉线。总之，为了让幼鸟住得舒服些，它们真是费尽心机。倘若费尽心机也找不到合适的材料，它们就会扯下自己身上的绒毛，铺在鸟巢里。

　　燕子是泥瓦匠，喜欢把巢建在人类的房檐下。斑鸫也是泥瓦匠，却喜欢把巢建在隐蔽的枝叶间。斑鸫先在巢的外面糊上苔藓，再在里面糊上泥巴；光滑洁净的泥巴闪闪发亮，宛若玻璃。而栖息在美洲的椋鸟呢，竟然还能以喙为手，灵巧地缝合树叶。至于生活在亚洲南部的大嘴鸟，那就更聪明了，若说它是建筑天才，恐怕也不为过。

　　为了保护自己的孩子不被蟒蛇和猛禽所食，大嘴鸟不仅把巢建在下垂的树枝上，还为巢做了一个坚实的屋顶。这个屋顶是全封闭的，不需开合，因为大嘴鸟把开口设在巢的下面。要筑一个这样的巢，不仅需要智慧，还需要耐心和勇气。它先要在水边选一根树枝，这根树枝必须足够坚韧，能承担起整个巢的重量。然后，它便在枝上缠上一些植物纤维，再把一些坚硬的草茎固定在纤维上。建成后的鸟巢悬挂在水边的树枝上，就像葫芦悬挂在风中的藤蔓上一样。

　　整个筑巢过程不但费时，而且辛苦。因为它没有任何的依托，是真正的空中作业。但是，有了一个这样的巢，任何猛禽包括蟒蛇，都无法吞食它的孩子了。爱的力量是巨大的。爱不仅可以使软弱变刚强，懒惰变勤勉，小气变慷慨，还可以使愚笨变聪明，狭隘变辽阔，乃至，使平凡变伟大，使短暂变永久，又使永久变永恒。

半个父亲在疼

◎庞余亮

这些年，感觉时间在不停提速，尤其是对父亲。在他身上，岁月的沙漠化一年深过一年，从牙齿到骨骼，他所有坚硬的部分，都迅速钝化、脆弱。

小时候，我的"皮"有口皆碑。基本上，只要有摩擦，罪就在我，以被父亲摁在地上摩擦结束。那天，我跟着父亲压红芋，甚得他欢心。老师路过地头，随口参我一本。父亲顺手抄起扁担，抽向我。我眼疾手快，但大长腿没能跟上，被铁钩抽到，烙出一道血印。

我抱着腿，疼得像热锅上的蚂蚁，蹦蹦跳跳。父亲捉住我，把我摁到地上。他揽一把药草，嚼碎，敷在伤口上。我不经意看见，他稳健的手，比我的腿颤抖得更厉害。原来，当我疼时，父亲也在痛。我的一半疼痛，一直由父亲默默抚养着。

父亲脾气暴躁，是癣疾煎熬的。年复一年，一开春，癣就缘着他开枝散叶。不知听谁说的，用烧红的铜钱烫，就能把癣斩草除根。灯火前，他捋起袖子，让我烧铜烫癣。我下不了手！他就自己来。牙一咬，眉一竖，火红的铜钱往手臂上一摁。一股焦肉味吱吱乱窜，撕咬得灯火弓起腰，啃噬得我心如刀绞。

父亲拍拍我的头，满面春风地说，一点也不疼。我满脸泪水，痛得不能自已。我从未想过，当父亲疼时，我也会痛。父亲的一半疼痛，一直由我默默赡养着。

做了父亲后，我回去得少了，但会经常念及父亲。慢慢，我谅解了父亲，开始和三十多年前的他与自己和解。无论是在基因上，还是生活中，我们都有彼此的影像。

前不久，父亲的腿不堪磨损，闹起罢工。我带他看医生，背他上楼、下楼。起初他很不适应，肌肤和骨骼都极不情愿地抗拒我。很快，他认了。回家时，他竟趴在我背上睡着了。在家门口，我扭头看他，酣睡得像个孩子一样。我和父亲，互换了三十年。

或许，也可以说，父亲有一半是我，我有一半是父亲。

家里的地板刚拖过，很滑。我和父亲摔成一团。父亲醒了，龇牙咧嘴地问我可摔痛了。孩子一手扶着我，一手打地板，念念有词。我满面春风地对他们说，一点也不疼。

何谓有福

◎黄永武

怎样才算有福的人呢？很难回答。

且看中国哲人给"有福"下的定义吧：

"有福是看山。"说到"看山"，许多人脱口否决："我哪有工夫休息看山？"愈是脱口说出没有工夫的人，愈是需要休息看山的人。不能远离一些俗情，用花木禽鱼中的趣味来陶情适性、缓解劳累的人，往往没有内心的生活世界。所以，能在名利奔竞之外，做做烟霞泉石的主人，才是有福。

"心闲方是福。"基于琐事愈少人生才愈丰富的原理，拨开繁杂的琐事，挣脱缚人的罗网，能达到"事了心了"的境地，最有福。不然，就把嗜欲淡下来，至少可以消弭灾祸，增加福气。只有懂得"随取随足"的处世哲学，才能心闲而受福最多。

"行善就是有福。"为善心常安，为利心常劳，心劳是祸，心安是福。没福的人是不会行善也不肯行善的。肯行善的人，是天开启他的心扉，让他感受行善之乐。不肯行善的人，是天关闭他的灵觉，让他吝于行善，自认为没有行善的能力与必要。有福没福，天性分出了两条路。

"人生常有小不如意，便是福。"常受委屈的人，懂得戒慎反省，懂得成事不易，不容易犯小人得志的毛病。凡事肯吃点小亏，才能体会出亏人是祸、亏己是福。

"不执拗者有福。"性格就是命运，执拗不化，老憋着好胜好强一口气，容易以悲剧收场，因为胜人是祸，饶人是福。尤其在骨肉之际，夫妇之间，多留一份圆融浑厚，就多一分福，有人偏要在这里分个明白是非出来，一定福薄。

"清静读书就是福。"能够扫干净了地，泡一壶茶，焚一炷香，清清静静已经是有福了。没福的人，恓恓惶惶，颠倒妄想，总有一百种一千种理由让他清净不了。静坐之余还能读读书，才读一两句话，就觉得受用无穷的人，何等有福呀！身心有个栖泊处，生命有个安顿处，以书来养心，当然有福气。如果身体健康，温饱又有余，资质也不是下愚，再加上满眼是秀发的儿女，左右是高雅的图书，天天正常顺利地过活，哇，老天赐下的福，还有比这更大的吗？

懂进退，人生大智慧

◎王 蒙

聪明而外露，最多是二等聪明，聪明而显出愚傻的外貌，才是进可攻、退可守的人生大智慧。

原因是，聪明外露，容易被注意，被嫉妒，被提防，被众口铄金。能干外露，容易让人怀疑他是巧言令色，不像是安分守己的样子。而面貌愚痴才显得忠顺。

从古到今，大家都相信苏轼的诗："人皆养子望聪明，我被聪明误一生。惟愿孩儿愚且鲁，无灾无难到公卿。"这里有真切痛心的处世奇术，有金不换的做人经验，也有长久以来有时宝贵、有时误事的"反智主义"。

宁可看着傻实际上精明，不要看着精明实际上欠缺。

二一老人

◎李叔同

我于1935年到惠安净峰寺住。11月，我忽然生了一场大病，就搬到草庵养病。那一次，我在草庵住了一个多月。摆在病床上的钟是以草庵的钟为标准的，而草庵的钟总比一般的钟慢半个小时。

后来我虽然搬到南普陀，但我的钟还是那个样子，比平常的钟慢两刻，所以"草庵钟"就成了一个名词。我看到这个钟，就想到我在草庵生大病的情形，往往发大惭愧，惭愧我德薄业重。

我要自己时时发大惭愧。我总是故意把钟调慢两刻，照草庵那钟的样子，不只当时如此，到现在还是如此，而且愿尽形寿，常常如此。

1937年，我到闽南居住，算起来已有十年了。回想我在这十年之中在闽南所做的事情，成功的却很少很少，残缺破碎的居其大半。因此，我常常反省，觉得自己的德行实在十分欠缺！

近来我给自己起了一个名字，叫"二一老人"。为什么叫"二一老人"呢？这有我自己的根据。

记得古人有句诗——"一事无成人渐老"，清初吴梅村临终时的绝命词有"一钱不值何消说"，这两句诗的开头都有"一"字，所以我用来做自己的名字，叫自己"二一老人"。

我这十年来在闽南所做的事，虽然不完满，但我也不怎样地去求它完满了！

诸位要晓得：我的性情是很特别的，我只希望我的事情失败，因为事情失败、不完满，才使我常常发大惭愧！能够晓得自己德行欠缺，自己修善不足，才可以努力用功，努力改过迁善！

一个人如果把事情做完满了，就会心满意足、扬扬得意，反而增长"贡高我慢"的念头，生出种种过失来！因此，还是不去希望完满的好！不论做什么事，要总希望失败，失败才会发大惭愧！倘若因成功而得意，那就不得了啦！

随文笔记

等到你成熟时，就会起变化

◎蔡 澜

小朋友问我："我总不能填满那四百字的稿纸，不是太长，就是太短，怎么办？"

我回答："不如分为四个部分，一个部分一百字。"

"你是不是开我的玩笑？"小朋友恼了。

"不，不，我是正经的。"我说，"文章结构，总有起、承、转、合，刚好是四段。"

"那不是太过刻板吗？"小朋友不服气。

"基本训练，总是刻板。所有基础，没有一样是有趣的。等到你成熟时，就会起变化。"

"怎样的变化？"

"起、承、转、合。"我说，"可以变成合、转、承、起。或者任何一个秩序都行，只要言之有物。"

小朋友说："我明白了。如果将'转'放在最后，就变成了一个意外结局，等于你常说的棺材钉。"

"你真聪明，一点就会。"我赞许。

"那么每一段不必是一百字也行？"小朋友还想确认一下。

"那是打个比方。"我说，"先解决你写得太长或太短的疑问。"

"有时不知道要写些什么才好。"

"我也是一样呀！"我说，"所以要不停地观察人生，不断地把主题储藏起来。"

"有了主题有时也写不出呀！"

"那么你先要坐下来，坐到你写得出为止。这也是一种基本功，最枯燥了。写呀写呀，神来之笔就会出现。"我说。

小朋友不太相信，露出像我开始写作的时候，不太相信前辈所讲的表情，我笑了。

随文笔记

小人物的快乐

◎王太生

我的邻居张二爹是个蹬三轮的,他最大的逍遥与惬意,是躺在一棵银杏树下睡觉。在生意冷清的时候,他会把车停到一棵400年的银杏树下,半倚半躺在三轮车上,在树荫下睡觉。

小人物的快乐,是随遇而安,奔波忙碌之后,支配属于自己的一点点闲暇。

张二爹每天做完生意,便一头钻进澡堂,将身体浸泡在大池热水里,只露个脑袋。澡堂是个天然出音响效果的地方,"咿咿呀呀"哼几段戏文,一天的疲惫消失殆尽。

有时候,内心的恬淡安逸,只可意会不可言传。

朋友大李经常上夜班,大李说,下夜班回到家,已是凌晨两三点,老婆早已去见周公了,他睡意全无,就在台灯下画画。他喜欢画水墨仕女图,画好后一个人坐那儿观赏。有时候,干脆不画画,一个人蹑手蹑脚地站在阳台上听虫叫。"晨光熹微时,天空泛着鱼肚白,有时是蛋青色,你不知道,秋天的虫鸣有多美妙!"大李咧着嘴在笑。

有些快乐,不在于有多大的权力和多少财富。住在楼下的姚老二,在小区旁边开了一个烧饼店。姚老二是外地人,七八年前来这座城市,一家三口做烧饼。每天凌晨三四点钟起床,生炉子、和面、发酵、切葱、刨萝卜丝……姚老二整天乐呵呵的,动作重复一千次,只在完成他的一件作品:烧饼。

姚老二忙完了半天的活,手捧一只紫砂壶,跷着二郎腿,坐在一把竹椅上,呵呵地笑。有人曾替姚老二算过一笔账:一上午卖500个烧饼,每个3元,利润对半,你说他一天能赚多少钱。

人间的风景并不只是繁华。喧闹中,还有"小人物"快乐的憨笑、歌吟。快乐是一件简单的事,带给你内心愉悦、满足和轻盈,像鼓荡的旗。

随文笔记

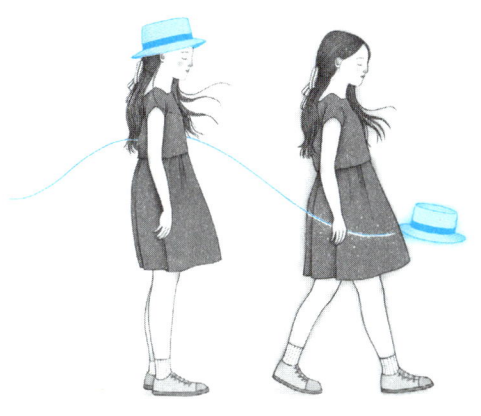

谈笑论生死

◎于 丹

《庄子》里面有一个永恒的命题：关于生死。

庄子在《大宗师》篇里讲了一个这样的故事：

子桑户、孟子反、子琴张，三个人都是方外之人。他们心意相通，忘怀生死，结伴成为好朋友。

后来呢？子桑户先死了。孔子听说了，就派自己的学生子贡去帮忙处理丧事。子贡去的时候，看见子琴张和孟子反两个人，一个在编挽歌，另一个在弹琴，正对着子桑户的尸体唱歌呢。他们唱道："子桑户啊子桑户，你现在已经回到本真了，我们还寄迹在人间。"

子贡就非常不理解，说："你们三个人是这么好的兄弟，有一个人先走了，你们却对着尸体唱歌，这合乎礼吗？"

子琴张和孟子反两个人反而笑了，说："他哪里懂得什么是礼的真意啊？"

子贡回去以后，问老师孔子："他们到底是什么样的人啊？他们到底是什么心思啊？"

孔子当时就说："他们都是一些心游世外的人，而我是一个拘泥于世内的人。我怎么还派你去帮助料理丧事呢？这是我的孤陋啊！他们这些人已经没有生和死的边界了，他们完成的是心神跟天地的共同遨游。有没有这个身体形骸对他们来讲是不重要的。所以，一个朋友走了，两个朋友就像是送一个人远行那样坦坦然然相送。"

这个故事讲了一个道理，就是在生命之中，每一个人都能以不同的形态活下去。

人的身体、人的生命是可以消耗掉的，但是人的思想可以传承。对庄子来讲，思想的传承远远胜于一个生命。

这就是庄子对于生和死两种形态的一种感悟。

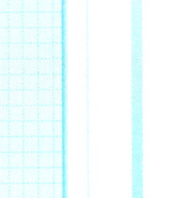

那些鸟会认人

◎ 刘亮程

我们搬走了。我们带不走那些鸟，带不走筑着鸟窝的树枝。我们经营了多少年才让成群的鸟落到院子里，一早一晚，鸟的叫声像绵密细雨洒进粗糙的牛哞驴鸣里。那些鸟是我们家的。

大多是麻雀在叫。夏天经常有身上没毛的小鸟从树上掉下来，扯着嗓子直叫。大鸟也在一旁叫，它没办法把小鸟弄到窝里去。碰巧被我们收工放学回来看见了，赶快捡起来，仰起头瞅准了是哪个窝里掉下来的，爬上树给放回去。

我们很少上到树上去惹鸟。鸟跟我们吵过好几架，我们有点怕惹它们了。一次是我上去送一只小鸟，爬到那个高过房顶的横枝上。窝里有八个鸟蛋的时候我偷偷上来过一次，把蛋放在手心里玩了好一阵又放进去。这次窝里伸出七八颗小头，全对着我叫。

头上一大群鸟在尖叫。鸟以为我要毁它的窝、伤它的孩子，一会儿扑啦啦落在头顶树枝上，边叫边用雨点般的鸟粪袭击我；一会儿落到院墙上，对着我们家门窗直叫，嗓子都哑了，叫出血了。那声音听上去就是在骂人。

另一次是风把晾在绳上的红被单刮到树梢上，正好蒙在一个鸟巢上，四弟拿一根木棍上去取，惹得鸟大叫了一晌午。

那些麻雀会认人呢。我对父亲说，昨天我在南梁坡割草，一只麻雀老围着我叫，后来我才发现是我们家树上的一只鸟，左爪内侧有一小撮白毛，在院子里胆子特别大，敢走到人脚边觅食吃，所以我认下了。刚才我又看见了它，站在白母羊背上捡草籽吃。

鸟就是认人呢。大哥也说，那天他到野滩打柴，就看见我们家树上的几只鸟。也不知道它们跑那么远去干啥。是跟着牛车去的，还是在滩里碰上了。它们一直围着牛转，叽叽喳喳，像对人说话。大哥装好柴后它们落到柴车上，四只并排站在一根柴火上，一直乘着牛车回到家。

正在发生

◎张晓风

去菲律宾玩，游到某处，大家在草坪上坐下，有侍者来问，要不要喝椰汁，我说要。只见侍者忽然化身成猴爬上树去，他身手矫健，不到两分钟，已把现摘的椰子放在我面前，洞已凿好，吸管也已插好，我目瞪口呆。

又有一次，中午进一家餐厅，点了鱼。然后我就看到白衣侍者跑到庭院里去，在一棵矮树上摘柠檬。过了不久，鱼端来，上面果真有四分之一块柠檬。

"这柠檬，就是你刚才在院子里摘的吗？"我问。"是呀！"我不胜钦慕，原来他们的调味品就长在院子里的树上。

还有一次，宿在恒春农家。清晨起来，主人为我们做了"菜脯蛋"配稀饭，极美味，三口就吃完了。主人说再炒一盘，我这才发现他是跑到鹅舍草堆里去摸蛋的，不幸被母鹅发现，母鹅气红了脸，叽嘎大叫，主人落荒而逃。第二盘蛋便在这有声有色的场景配乐中端上来，我这才了解那蛋何以那么鲜香。

丈夫很少去菜场，一年一两次，有一次要他去补充点小东西，他却该买的不买，反买了一大包鱼丸回来，诘问他，他说："他们正在做哪！刚做好的鱼丸！我亲眼看见他们在做的呀，所以就买了。"

用同样的理由，他在澳大利亚买了昂贵的羊毛衣，他的说辞是："他们当着我的面纺羊毛，羊毛衣，当然就忍不住买了！"

因为看见，因为整个事件发生在我们面前，因为是第一手经验，我们便感动。

但愿我们的城市也充满"正在发生"的律动，例如一棵你看着它长大的树，一片逐渐成了气候的街头剧场，无论什么事……亲自参与了它的发生过程，总是动人的。

寂寞的感觉

◎罗 兰

你一定也有过这种感觉的。

当你心事重重，渴望找个人谈一谈的时候，那个人来是来了，但你们并没有谈什么。当然，谈是谈了，可是他谈他的，你——开始你也试着谈谈你的，可是后来，你放弃了。

于是，你们的谈话成了两条七扭八歪的曲线，就那么凄凉地、乏力地延伸下去。

你敷衍着，笑着，假装很投机的样子。但是，你心里渴望他离去，让你静下来，静下来啃啮那属于你自己的寂寞。

"倒不如自己闷着的好！"这是你的结论。

"希望别人来分担你的心事是多么愚蠢！别人不会了解你的，人人都只关心他们自己。"

于是，你领悟到，有些事情是不能告诉别人的，有些事情是不必告诉别人的，有些事情是根本没有办法告诉别人的，而且有些事情是：即使告诉了别人，你也马上会后悔的。

所以，假使你够聪明，那么，最后的办法就是静下来，啃啮自己的寂寞——或者反过来说，让寂寞来吞噬你。

于是，你慢慢可以感觉到，午后的日影怎样拖着黯淡的步子西斜，屋角的浮尘怎样在冥茫里毫无目的地游动，檐前的蜘蛛怎样织造那囚禁自己的网，暮色又怎样默默地爬上你的书桌，而那寂寞的感觉又是怎样越来越沉重地在你心上压下，压下……直到你呼吸困难，心跳迟滞，像一辆超重的车，在上坡时气力不继地渐行渐慢，渐渐地停下……

于是，夜色密密地涂满了宇宙，在上下前后左右都是墨一般的黝黯里，你觉得自己胀得无限大，大得填满整个宇宙空间，而这无限大的你的里面，所胀满的，只是寂寞，寂寞，无边的寂寞！

随文笔记

11块宝石婴孩的项圈

◎ 毕淑敏

在一次家庭宴会上，我看到一位老人戴着一个非常美丽别致的项圈，那上面有11块宝石，颜色形状各不相同，但看得出，每块都很名贵，在灯光下发出彩色的光芒。

我与她的谈话也从项圈开始："这是我看到过的最美丽、最别致的项圈之一。"

"谢谢！它的确是独一无二的。是我把毕生积攒的名贵宝石都拿了出来，我自己设计了这个样式交给工匠制作，无论从价值还是款式来说，它都极为名贵别致。而且，对我来说，它的价值更是难以估量的，因为这个项圈有很大的象征意义。"老奶奶说。

老奶奶的兴奋溢于言表。她说："我这11块宝石，代表我的11个孙子和孙女。蓝色和绿色的宝石，代表的是男孩；粉红色和橙黄色的宝石，代表的是女孩。现在，你已知道了这个秘密。你仔细地数一数，我有几个孙女几个孙子？"

也许是太想让老奶奶高兴了，这时，我千不该万不该，问了一句话："您的这11位孙女孙子常常来看您吧？"

老奶奶的脸色黯淡下来，喃喃地说："是啊！他们来过，可是，已经很久不来了……"

整个晚上，我都为自己的贸然发问后悔不已。

不，直到今天，我都为自己的贸然发问后悔不已。我为什么要自作聪明地捅破一位老人期待和自豪的泡沫？

有时候，我看到大街上的女孩戴着灿烂的宝石项圈，会不由自主地想，天底下，无论东方还是西方，无论中国还是美国，有没有这样一个女孩，在盛大的宴会上，骄傲地指着自己项圈上的宝石对来宾说：这块蓝色的宝石，是纪念我的祖父；这块红色的宝石，是纪念我的祖母。

他们永远在我心中。

随文笔记

学会拥有"黎明的感觉"

◎钱理群

高中毕业的时候，我在学习经验会上有个发言，至今不忘，因为它照亮了我的一生。当时我说：学习最重要的是要有兴趣，要把上每一门功课都当作精神的享受；学习就是探险的过程，每一次上课都会发现新大陆，要带着好奇心，怀着一种期待感，甚至万物都深具神秘感的心态走进课堂。

那是1984年左右，我刚留校做助教，中文系已经退休的林庚老师要来做公开演讲。我记得林老师做了非常认真的准备，几易其稿。那一天，他的穿着看似朴素，但是很美，很有风度，他一站在讲台上，那种说不出的风度，就把大家给镇住了。讲完以后，走出教室，他几乎要倒下了，是我把他扶到家里去的。他回去后就病了一场。

他是拼着命来讲这一课的，讲完了人就病倒了。正是在这次课上，他提出："诗的本质就是发现，诗人要永远像婴儿一样，睁大好奇的眼睛去看周围的世界，去发现世界的新的美。"

我当时听了，心里为之一震：这正是说出了学术研究，以至人生的真谛啊！所谓"永远处于婴儿的状态"，就是要以第一次看世界的好奇心，用初次的眼光和心态去观察，去倾听，去阅读，去思考，这样才能有不断的新的发现。这是非常重要的，问题是怎么使自己永远处在一种婴儿状态。

梭罗的《瓦尔登湖》里面的一篇文章，提出了一个概念，叫作"黎明的感觉"。"黎明的感觉"就是每天早上睁开眼睛，你便获得了一次新生，你的生命开始新的一天，就有了黎明的感觉：一切对你来说都是新鲜的，你用新奇的眼光与心态去重新发现。这就是古人说的："苟日新，日日新，又日新。"

这样一种新生状态，就是真正的学术状态，或者说是一种理想的学术境界、人生境界。我们讲"赤子之心"，就是指这样的状态与境界。

舍命之甜

◎陈晓卿

两百米高空，没有任何防护，用最原始的方式，置身凶险之境，只为获取一种甜蜜食材。

尼泊尔，喜马拉雅山南麓，雨季提前到来。

59岁的泰克，是部族中为数不多的蜂蜜猎人。自然界向来阴晴难料，大雨突如其来，让今年的第一次猎蜜被迫终止。

蜂，全球多达上万种。这种神奇昆虫酿造的蜜露，是人类早期珍贵的甜味来源。正是从蜂蜜里，我们的祖先获得对美味的初始体验。大自然四季循环，甜味来源十分稀少，在能够获取蜂蜜的季节，泰克和族人总是甘愿冒险。

烟雾是对抗蜜蜂的唯一武器，但火也有可能引燃藤梯。喜马拉雅巨蜂，世界上体型最大的蜜蜂，对来犯者发起反攻。而泰克脚下是上百米的悬崖。伙伴努力稳住藤梯。接下来，泰克要完成一系列危险操作。

细绳连接藤梯。伙伴递上竹竿，这是固定身体和靠近悬崖的工具。竹竿钉进岩石缝隙。将身体拉近崖壁。右脚支撑刀具，仅凭左脚脚尖站立。

这大概是世界上最危险的工作，每年都有人为此献出生命。

一个蜂巢只取一半，确保来年仍然有蜜可采。风险越高，回报往往越加丰厚，泰克收获了今年的第一批崖蜜。

泰克所属的昌泰尔族，人数不足5000，每年夏季猎取的崖蜜，是泰克全家最大的一笔收入。因为蜂蜜的到来，当天的晚餐会与往常不同。

崖蜜是世界上获取难度最大的蜂蜜，甜香醇厚，只用一勺，平常的食物就能瞬间焕发光彩。蜂蜜70%以上的成分是果糖和葡萄糖，极易被身体吸收，迅速转化成能量。

蜜和糖在很长时期内都属于珍贵资源，曾是财富和权力的象征，直到一些草本植物被广泛种植，甜才逐渐走进寻常人家。

随文笔记

为什么我们失去了好奇心

◎陈　果

这世界上我最害怕两样东西。第一，我害怕有一天我不爱这个世界了，我不爱生活了，我害怕我丧失了爱的能力。第二，我害怕我的灵感枯竭了。所以，我每次上课之前都非常紧张，我担心灵感抛弃了我，我担心我站在讲台上的时候，只是一个枯竭的传声筒。

直到有一天我发现，当我看一些书、看一些电影，当我在学校里旁听老师们讲课，当我与学生们进行交谈，其中的一个问题突然间让我感到有意思、好玩，然后引出我的一大串问题的时候，我的灵感就不会枯竭，因为我仍抱有那么多的好奇心。

好奇心常常和小孩子联系在一起。好奇心注定要在成年人身上失去和衰竭吗？并非如此。孩子们与大人真正的不同在于，世界对孩子们来说是灵感的源泉，对大人们来说则是谋生的渠道。

我曾经和我的学生分享过这样一句话：只有当你热爱生活，生活才有可能真正热爱你。

我有一个学生在生命科学院学植物学专业，他解剖过一朵小花。他说："陈老师，我在解剖这朵小花的时候，越解剖越心怀虔诚。我发现它的色彩、它的形态、它的香气未经雕琢，却具有一种天然的和谐。原来，每一个简单的生命，都是这样一个别出心裁的世界。一旦将它放大，你会发现它别有洞天。"

古代有一位君王叫商汤王，他在自己的澡盆上刻了九个字——苟日新，日日新，又日新。他可能是想提醒自己，外当洗身，内当修心。什么东西能使我们的精神也像身体细胞一样不断地新陈代谢，维持自我更新呢？那就是好奇心。好奇心能够带动求知欲，求知欲就是对世界的好奇，对人生的好学。

一个永远在求知的人生，便是有智慧的人生；一个永远在追求的人，便是有智慧的人。

另外四种人

◎梁凤仪

坊间常说有四种人。第一种表面是老虎，内里也是老虎，形象鲜明，表里一致。第二种表面是猪，内里是老虎，实际上是扮着猪当老虎。第三种表面是猪，内里是猪，怨不得天，尤不得人。第四种表面是老虎，内里是猪，不过是"鳄鱼头老衬底"。

各人检视得失，多少知道自己属于哪一类。

其实，还有另外四种人。

第一种：不可以共患难，亦不可以共富贵。即是说，亲友有难，他决不承担，但周围人等混得风生水起，他亦不屑一顾，总之，我行我素。

第二种：不可以共患难，但愿意共富贵。总之，不肯挨义气，却喜欢在人家顺遂发迹之时，好歹沾一些光彩或好处。

第三种：可以共患难，不愿意共富贵。亲友遇上困扰，生活潦倒，不管是出于后天教养，有恻隐同情之心，还是天生仁厚，对蒙尘落难者诸多关照。一旦旁边的人叱咤风云，便下意识地觉得不可与之往还，避免叨光骚扰。

第四种：既能共患难，又可共富贵。从容不迫，认定了亲人是亲人，朋友是朋友，一律愿意做程度不同的有福同享，有难同当。

当然是做第四种人难度最高，也最应该得人敬重爱戴。事实上呢，社会上怕是各家自扫门前雪的人占多数，憎人富贵嫌人贫者亦不少。知识分子呢，最易在得意时大方，失意时自卑。

相信人人都希望自己认识的人是第四种。然而，扪心自问，自己对他人，又是否肯雪中送炭、锦上添花呢？

后　院

◎王安忆

无论你走到哪一座城市，你只要来到后院，便会发现，所有的风景都有着极其相似的内心，这种相似令我们怦然心动。

柏林的后院也有着亲切的面目。前边是著名的库登大街，灯火彻夜通明，当足球赛结束，喇叭声和欢呼声会阵阵传来，真是奇光异色。

灯光与市声笼罩在城市的上空，就像一片海市蜃楼。而后院里的嘈杂却是真切到你心里去的。楼下是一家咖啡馆，厨房里的气味从后院飘进我的房间。它将柏林的浮华像面纱一样揭去，裸露出它家常的表情。这是我们最诚恳的表情之一，含着朝起暮归的希望。

这也是联系着我们的心的东西，是心里那一点沉底的东西，我们走到哪儿就带到哪儿。

在旧金山，我曾经在露台上看见邻人的露台。露台也是具有后院性质的地方，也是生活的里层。正是傍晚，太阳在西边落下，露台上坐着一些青年。当青年们站在街头或者地铁车站，他们无一例外都带有莫测的神情，而在露台上，他们都变得好懂了。

这里露台连着露台，翻过一排屋脊，就又是露台连着露台。这里有受挫的生活，抱着轻轻的伤痛。而香港那地方更是寸土寸金，后院被楼房吞没，后窗挤着后窗。夜半醒来，邻人家的排风扇还在呼呼地运转。这是一个静谧的时刻，这静谧不是万籁俱寂的静谧，而是有声的静谧，是从嘈杂、纷繁中辟出的一种静寂之声，也带有一些蚀骨的伤痛。

这些后院使你明白，无论这世界多么大，多么面目各异，可内心只有一个。这是旅行中最见真情的一刻。

随文笔记

小 懒

◎叶轻驰

人生于世，一味勤，不见得是好事。

与人处，得小懒。管头管脚，大到原则问题，小至鸡毛蒜皮，样样都想插一手。这样的相处模式，除了惹人厌，再难有其他结果。容他人藏点隐私，给彼此留点空间，这样的小懒，比起所谓的无微不至更令人欣赏。

与人言，也得小懒。话不能说得太满，意犹未尽之处，于人于己都是余地。留有这样的余地，日后才好转圜。同样的意思，横冲直撞与婉转留余，可能带来不同的结果。留一线，好相见，这样的留，自然是小懒。

言语中的小懒，还在于倾听。话不说满，这满是话意，也是话频。一味照着自己的频率说，不顾对方的感受，也不理会对方的想法，这种单方面的所谓沟通，比起无言的尴尬，更令人心生厌烦。话不能说得太满，也不能说得太勤，时时带着点小懒，关注对方的心思，给对方表达的机会，这才是两相宜的沟通方式。

独处，也得带点小懒。忙忙碌碌，俗务缠身，这是很多人的常态。但再忙，总得有那么一些时光，一个人，一本书，一盏茶，静享闲暇之乐。紧绷与小懒，劳与逸，两相结合，人生的路才能走得更远。

养儿育女，其实也需要小懒。能干的父母，容易养出懒惰的儿女。事无巨细，大包大揽，自然会让儿女养成依赖的习惯。久而久之，习惯就成了本性。到那时，再怎么怨叹，也无济于事。

人生的小懒，不同于彻底"躺平"的大懒，也不是任由本性的放纵。一路奔跑之余，总得留有那么一点儿时光，来放任自己的小懒。这样的小懒，如春日的阳光，又似秋日的微风，不多不少，刚刚好。

随文笔记

美与漂亮

◎吴冠中

我曾在山西见过一件不大的木雕佛像，半躺着，姿态生动，结构严谨，节奏感强，设色华丽而沉着，实在美极了！

我无能考证这是哪一朝的作品，当然是件相当古老的文物，拿到眼前细看，却满身都是虫蛀的小孔，肉麻可怕。我说这件作品美，但不漂亮。

没有必要咬文嚼字来区别美与漂亮，但美与漂亮在造型艺术领域里确是两个完全不同的概念。

漂亮一般是缘于渲染得细腻、柔和、光挺，或质地材料的贵重，如金银、珠宝、翡翠、象牙等等；而美感之产生多半缘于形象结构或色彩组织的艺术效果。

你总不愿意穿极不合身的漂亮丝绸衣服吧，宁可穿粗布的大方合身的朴素服装，这说明美比漂亮的价值高。

泥巴不漂亮，但塑成《收租院》或《农奴愤》是美的。不值钱的石头凿成了云冈、龙门的千古杰作。

我见过一件石雕工艺品，是雕的大盆瓜果什物，大瓜小果、瓜叶瓜柄，材料本身是漂亮的，雕工也精细，但猛一看，像是开膛后见到的一堆肝肠心肺，丑极了！

我当学生时，拿作品给老师看，如老师说："哼！漂亮啊！"我立即感到难受，那是贬词啊！当然既美又漂亮的作品不少，那很好，不漂亮而美的作品也丝毫不损其伟大，只是漂亮而不美的作品就显得庸俗了。

美术中的悲剧作品一般是美而不漂亮的，如珂勒惠支的版画，如凡·高的《轮转中的囚徒们》……

鲁迅说悲剧是将有价值的东西毁灭给人看。为什么美术创作就不能冲破悲剧这禁区呢！

看戏与演戏

◎朱光潜

莎士比亚说过,世界只是一个戏台。

这话如果不错,人生就只是一部戏剧。戏要有人演,也要有人看:没有人演,就没有戏看;没有人看,也就没有人肯演。

演戏人在台上走台步、做姿势、吊嗓子,嬉笑怒骂,悲欢离合,演得酣畅淋漓、尽态极妍;看戏人在台下目瞪口呆,拍案叫好。双方皆大欢喜,欢喜的是人生好不热闹,至少这片刻光阴不曾被辜负。

世间人有生来演戏的,也有生来看戏的。这演与看的分别主要体现在如何安顿自我上面。

演戏要置身局中,时时把"我"指出来,使"我"成为推动机器运转的枢纽,在这世界中产生变化,并在这变化中实现自我;看戏要置身局外,时时把"我"搁在旁边,始终保持一个旁观者的地位,吸纳这世界中的一切变化,使它们在眼中成为可欣赏的图画,然后在欣赏这可变化的图画的过程中实现自我。

因为有这种分别,演戏要热、要动,看戏要冷、要静。

打起算盘来,双方各有盈亏:演戏的人因为饱尝生命的跳动而失去流连玩味的机会,看戏的人因为玩味生命的形象而失去"身历其境"的热闹。

能入与能出,"得其环中"与"超以象外",是势难兼顾的。

这种分别看似极平凡而琐屑,其实却包含人生理想这个大问题。

古今中外许多大哲学家和大艺术家都对人生理想进行过探索、争辩,他们所得到的不过是三个简单的结论:一个是人生理想是看戏,一个是人生理想是演戏,一个是它同时看戏和演戏。

哀愁是花朵上的露珠

◎迟子建

　　哀愁是花朵上的露珠，是洒在水上的一片湿润而灿烂的夕照，是情到深处的一声知足的叹息。可是在这个时代，充斥在生活中的要么是欲望膨胀的号叫，要么是麻木不仁的冷漠。此时的哀愁就像丧家犬一样流落着。

　　生活似乎在日新月异地发生着变化，新信息纷至沓来，几达爆炸的程度，人们生怕被扣上落伍和守旧的帽子，疲于认知新事物，应付新潮流。

　　于是，我们的脚步在不断拔起的摩天大楼的玻璃幕墙间变得机械和迟缓，我们的目光在形形色色的庆典的焰火中变得干涩和贫乏，我们的心灵在第一时间获知了发生在世界任何一个角落的新闻时却变得茫然和焦渴。

　　在这样的时代，我们似乎已经不会哀愁了。密集的生活挤压了我们的梦想，求新的狗把我们追得疲于奔逃。我们实现了物质的梦想，获得了令人眩晕的所谓精神享受，可我们的心却像一枚在秋风中飘荡的果子，渐渐失去了水分和甜香气，干涩了、萎缩了。我们因为盲从而陷入精神的困境，丧失了自我，把自己囚禁在牢笼中，捆绑在尸床上。那种散发着哀愁之气的艺术的生活已经别我们而去了。

　　我们被阻隔在了青山绿水之外，不闻清风鸟语，不见明月彩云，哀愁的土壤就这样寸寸流失。我们所创造的那些被标榜为艺术的作品，要么言之无物、空洞乏味，要么迷离傥荡、装神弄鬼。那些自诩切近底层生活的貌似饱满的东西，散发的却是一股雄赳赳的粗鄙之气。我们的心中不再有哀愁了，所以说尽管我们过得很热闹，但内心是空虚的；我们看似生活富足，可我们捧在手中的，不过是一只自慰的空碗罢了。

随文笔记

你有的就是你要的

◎李银河

我很早就形成了一个看法：你有的就是你要的。这话虽然听上去让人难以接受，但是我的论断自有道理。

首先应当删除的是那种飞来横祸性质的事故，我的论断并不包括这种情况，如交通事故、刑事犯罪、致命疾病或者先天身体缺陷等，因为没有人想成为这些伤害的受害人。我的论断只适用于自己有得选择的人生经历的范畴。

我要说的是，你现在所拥有的一切正是你在生活中所有的选择关头有意或无意所做出的选择的结果。

你如果有一桩幸福的婚姻，那是你当初做出正确选择的结果；你如果有一桩不幸的婚姻，那是你当初做出错误选择的结果。即使婚姻不幸的原因完全来自对方，比如对方移情别恋或感情淡漠，那也不能排除你当初遇人不淑和没有对对方充分了解所做出的错误选择的因素。

你如果有一份喜欢的工作，那是你根据自己的内心需求和喜好选择的结果；你如果有一份虽然人人羡慕但是自己并不喜欢的工作，那也是你压抑或牺牲自己的真正喜好所做出的选择的结果。

你如果有心心相印相互提携的朋友，那是你精心选择和精心培育的结果；你如果没有朋友或者被过去的朋友伤害、背叛，那也是你没有识人之明做出错误选择的结果。

你如果拥有一个平庸琐碎的痛苦的人生，那是你自己要的；你如果拥有一个兴味盎然的快乐的人生，那是你自己要的。因为心理状态并不永远跟物质条件有因果关系，物质生活之痛苦并不一定必然导致精神生活之痛苦；物质生活之快乐也并不一定导致精神上的快乐。所以，无论你感到痛苦还是快乐，那就是你要的。

不要抱怨你现在所拥有的一切，它们都是你要的。

随文笔记

正当最好年龄

◎张曼娟

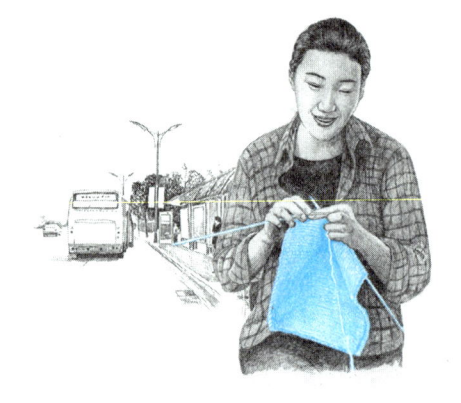

我的母亲是白羊座，她身上有着迅捷、勇敢、果决的特质。

许多年前，她结束工作后，便思索什么是她想做而没做过的事。最后，她选择去学编织。和她一样赋闲在家的朋友对她说："这种事是老太太做的，你还年轻，应该做点别的事。"母亲想了想，还是去报名了。

母亲每个星期搭乘公交车到相当远的地方上一次课，然后就是不停地编织，在画得密密麻麻的图样上做记号。托母亲的这项手艺的福，我们这些孩子，包括所有的亲朋好友，各有一至两件颜色与款式皆不相同的毛衣。学生时代，因为穿手工毛衣，我得到不少注意与赞美，有些小小的虚荣。

几年前，母亲忽然要去学画画，这让我们很惊奇。我一直觉得自己毫无绘画天分是遗传自我的母亲，因为童年时我们要画个猫儿、狗儿或其他图画，母亲总是说："去找你爸。"现在，五十多岁的母亲却说她要学国画。那位热心的朋友这时又给母亲忠告："学国画是不是太吃力了？那是年轻人的玩意儿吧。"母亲想了想，说服了年龄比她还大9岁的父亲一起去报名了。

每天吃过晚餐，他俩一人提一个画筒，相偕出门。有一次，一位学生来家里找我，她并没见过我父母，可是她说："我看见张妈妈了。她是不是盘着银灰色发髻，提着一个蓝色画筒？"我很诧异，问她怎么看出那是我的母亲。学生说："她看起来很自信、很快乐，而且像一位艺术家。"

后来，每当我听见朋友说"如果可以年轻一点，我一定会如何如何"的时候，总不能同意。年龄不应该成为我们逃避任何事情的借口。母亲告诉我，一切都不会太迟，人永远也不会太老。

我认为最好的年龄就是当下。有人想把岁月当成栅栏，一跃而过，我却只想无视年龄，做一个真正自由的人。

随文笔记

我想虚度几分钟时光

◎淡淡淡蓝

办公室里有一个烧水的老式水壶,烧满一水壶能灌两瓶半的热水。我每天到办公室的第一件事就是把包放在桌子上,然后拿着水壶去装水。净水器的出水孔很小,装满水壶起码需要三分钟。

打开水龙头后,我总是闲不住地想做点别的事。忙着忙着,我就把水壶忘了,直到传来"哗哗哗"的水流声,我大叫一声"不好",冲到水池边,晚了,水漫金山。我悻悻地哀叹:三分钟怎么如此短暂呢?

某天,我和往常一样去装水,打开水龙头,却没有立即就走,反常地在水池边站了一会儿。水池对面就是窗台,我走到窗台边看着窗外。窗外有两棵不算高大的玉兰树,白色的花瓣迎风摇曳。嗯?是一开始就有玉兰树吗?还是它今年第一次开花?

搬到这个小院已经三年了,我似乎是第一次看到玉兰树,第一次看到玉兰花开。那天之后,我不再在装水的时候去忙别的事,而是决定好好虚度这三分钟——看看窗外,无所事事地发发呆,哼一首歌,伸伸懒腰……不知不觉,我迷上了这个和自己玩的三分钟小游戏。

瑜伽课的最后十分钟是用来休息的,用专业的术语表述叫"摊尸式"。这个体式就是让你像尸体一样摊着,闭着眼睛,身体保持静止,不再有任何运动。这是瑜伽练习中最简单却也是最难的一个体式。简单是因为它不需要任何的技巧与力量,难是因为心静永远比身静更加难以掌握。太多的人愿意争分夺秒地利用一切碎片时间看手机,却不愿意让自己安静地躺十分钟。沉下来才能听到自己的呼吸,原来虚度时光是那么轻松、美妙。

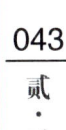

随文笔记

窗

◎钱钟书

又是春天,窗子可以常开了。春天从窗外进来,人在屋子里坐不住,就从门里出去。不过屋子外的春天太贱了!到处是阳光,不像射破屋里阴深得那样明亮;到处是给太阳晒得懒洋洋的风,不像搅动屋里沉闷的那样有生气。就是鸟语,也似乎琐碎而单薄,需要屋里的寂静来做衬托。我们因此明白,春天是该镶嵌在窗子里看的,好比画配了框子。

同时,我们悟到,门和窗有不同的意义。当然,门是造了让人出进的。但是,窗子有时也可作为进出口用,譬如小偷或小说里私约的情人就喜欢爬窗子。所以窗子和门的根本分别,决不仅是有没有人进来出去。若据赏春一事来看,我们不妨这样说:有了门,我们可以出去;有了窗,我们可以不必出去。窗子打通了人和大自然的隔膜,把风和太阳逗引进来,使屋子里也关着一部分春天,让我们安坐了享受,无须再到外面去找。

古代诗人像陶渊明对于窗子的这种精神,颇有会心。《归去来兮辞》有两句道:"倚南窗以寄傲,审容膝之易安。"不等于说,只要有窗可以凭眺,就是小屋子也能住吗?他又说:"夏月虚闲,高卧北窗之下;清风飒至,自谓羲皇上人。"意思是只要窗子透风,小屋子可成极乐世界;他虽然是柴桑人,就近有庐山,也用不着上去避暑。

所以,门许我们追求,表示欲望;窗子许我们占领,表示享受。这个分别,不但是住在屋里的人的看法,有时也适用于屋外的来人。一个外来者,打门请进,有所要求,有所询问,他至多是个客人,一切要等主人来决定。反过来说,一个钻窗子进来的人,早已决心来替你做个暂时的主人,顾不到你的欢迎和拒绝了。

随文笔记

成功没有亲人分享是极大的缺陷

◎梁凤仪

小时候，坐在我旁边的同学小淑，考了第一名。才派了成绩表的翌日，就看到她在小息时，独自躲在操场一角哭，我跑过去问她："什么事呢？你应该高兴呀，考了第一了。"

她摇头，拼命地摇头，说："考了第一名，掉了一个好同学。小珍今早对我说，以后不跟我一道上学放学了，因为我考第一，不愁没有朋友。我宁可不要那第一了。"

那时我在想，这笨蛋，她不要那个第一，改给了我就好，没有人陪上学有什么打紧？

还是活到三四十岁才知道成功没有亲人分享，是极大的缺陷。我的成熟与世故，竟迟小淑这么多年。

挚友为了慰劳我一年来写作的辛勤，举行了一个小型晚会，来参加的朋友达二百人，热闹了一个晚上。又过了几天，挚友被委任为港澳事务顾问，要我同到北京去参加仪典。

对于这些安排，我原来有疑虑："要不静静庆祝算了。"

挚友说："二人世界内分享荣耀是情意，人前公开共享快乐，是投入与承担，我们二者都做齐。"于是派对照开，北京照去了。

看到更多易贪婪

◎马　德

小时候去河滩放牛，我发现牛很痛苦。

牛缰绳的一端，被一根铁橛钉在草地上。牛所能吃到的，是方圆一缰绳之内的草。然而，我发现，牛总是对缰绳半径之外的草更感兴趣，有时候，为了够到那些草，不惜被笼头勒到疼痛。

其实，缰绳足够长，缰绳半径之内的草也足够吃。牛的痛苦在于，看到了自己够不着的草。而且，在它看来，那些草远比吃到的好。

其实，人也一样。有些利益，不能看到，看到也就完蛋了。

张君是公司里公认的活得云淡风轻的人，业务能力强，活也不少干，还什么也不争，什么也不抢。大家都觉得他就这样一辈子淡泊下去了，谁承想，几个头目集体犯了事，上级要求新任领导必须是业务叫得响、群众基础好的人，张君轮上了。那些日子，大家突然发现一个陌生的张君——为了当上单位的一把手而上蹿下跳。原来那个平静温和的人，再也找不到了。

有位开农家乐的大姐，一次看《鉴宝》节目，见有人花几千元买了对瓶子，结果市场估价达到了二百万元。她想，天哪！我干一辈子可能都赚不了这么多钱。于是，她也花万余元买了只青花瓶子，兴高采烈地带着它到了《鉴宝》节目，主持人让她估价，她说怎么也得八九十万元吧。结果，专家一鉴定，瓶子上的图案是电脑喷绘出来的，她的宝瓶不过是件现代工艺品。

靠农家乐的收入，虽然不会大富大贵，但是大姐也会过得有滋有味。然而，她看到别人一夜暴富，便也希望发笔横财。这个世界上，好多原本活得很幸福的人，因为看到了不必看到的，一下子变得贪婪起来。

当然了，不是所有看到的都会让人按捺不住。乞丐看到百万富翁，除了希望对方能施舍自己些钱，并不幻想自己也能成为百万富翁。但是，如果看到另一个乞丐乞讨得比他多，就会心动。他一定想知道，对方是在什么地方，用什么方法讨来那么多钱的。

所以，看得见够不着的，并不会扰人，怕就怕那些看见了，蹦一蹦够得着的。真正的痛苦还在于：蹦一蹦，自己没够着，别人却够着了。人总是狭隘的，既然自己得不到，多么希望别人也得不到，这样才公平，这样才平衡。

人世间的贪婪和奸邪，大约都是这么来的吧。

痛苦与快乐

◎蔡 澜

世界上有两种艺术：一种像凡·高，默默耕耘，潦倒穷死也不打紧；一种像达利，拼命宣传自己，名利双收。

凡·高的画是不朽的，但是达利也能在绘画历史上占重要的一席。前者的艺术创作在痛苦中产生，后者却吃喝玩乐。两个人截然不同，喜欢哪一种，见仁见智。

做一个艺术家实在不是一件容易的事，从学会画，就拼命地挣扎，想自己的作品走出一种独立的风格，要这风格被大众接受，才能成名。

在成名之前，这段过程就要人的老命。画没有人赏识就没有人买，没有人买就没有面包。一两个月挨过去，一两年也忍了，后来竟有无穷无尽的等待。那时，自己的信心经不经得起考验？以为就此一生默默而终，半途而废的人不计其数。成功的例子被举之前，已有多少个失败者？

过程之中，又有多少艺术家开始变成商人。他们要游说投资的画商，要收买刻薄的批评家，要排挤朋友亲人而让自己的画有多一点机会成功，这真是太可怕了。

即使能做到举办一场画展，鞠躬作揖地请什么名流政要来剪彩，参观的人并不一定懂得画家要表达的东西，那便要向他们解释意图。画要人家来买，巴结庸俗的有钱人，赞美他们浅薄的看法，同意他们无理的批评，忍受他们作呕的态度，这一来，艺术是不是已经变了质呢？

成了名，作品上又要求突破，要求走入一个新的阶段，这是多难的事？求新要不断地吸收，吸收多了变成抄袭的例子也不少。就算给你想出一些新意，但这新意是否会被人接受？那是大问题。

突破成功，过了几年，又需要另一个突破，是否能一直保持在高峰的水准？新的一代已经挤出头来，不能持久等于艺术生命的夭逝。

不单是画家，所有做艺术工作的人都有这种苦恼。如果走上这条路，就要选择。最重要的还是，先对得起自己。

临时感

◎ 流 沙

我有一个朋友，他在离杭州主城区20公里的工业区有一家机械加工厂，他对我说，招工人越来越难了。今年他把月工资从3500元提到4000元，陆陆续续来了一些应聘者，但到了厂区一看，大都一言不发地走了。

现在的年轻人就业，希望能坐办公室，工作要轻松，工资要高。他的工厂在工业集聚区，交通不是十分方便，厂里的机器也都是油渍渍的，给人的体验不太好。其中有个年轻人，刚技校毕业，对我那朋友直言："你让我到这种地方上班，才给4000元，我送送外卖也不止4000元呀！"

这是一句大实话。

他想挽留一下这位年轻人，说你在技校里学的就是机床，我这里就有数控机床，工作几年，锻炼锻炼，你就有技术了，以后就可以拿更高的工资。

有一种情绪在蔓延，这种情绪就叫"临时感"，越来越多的人喜欢生活在各种各样的临时感中。

以前的社会不是这样的。因为你的住房是固定的，工作也是相对固定的，每个人的人生角色大都是一成不变的。因为当时的那个社会缺少流动性，所以少了许多可能和机会。现在，各种资源是可以交换的，社会的流动性产生了无数机会，让各种可能性无处不在。

于是，"先凑合着"的临时心态来了。"先凑合着"是一种精致的利己主义，其逻辑非常之精妙——我所要的东西没有到来，那现在的一切都是临时的，我就没必要付出。

临时感是对传统社会认知的一种"对冲"，是"不接受""不融合"，是看风使舵。具有这种"临时感"看似自己没有损失什么，事实上你损失了最为宝贵的东西：时间、历练，还有你的精神状态。

一个人在职场中，一旦有"凑合着"的临时心态，一举一动都会表现出来，也会尽量地少付出。你在职场中或许得到了一些利益，但肯定得不到太多的职业历练，更为重要的是，失去了一个人走向成功所需要的积极向上的精神状态。这个社会的确充满变化，但"干一行爱一行"仍然极其稀缺，有太多的成功者，都是从微不足道的岗位做起，从"干一行爱一行"的普世经验中汲取营养的，把自己最美好的一面呈现给别人，赢来一个又一个机会。

宽窄皆逍遥

◎积雪草

在成都，被这样一种文化吸引。漫步在宽窄巷的街头，仿佛行走在时间的罅隙。时间的河流在这里分开，外面的世界匆忙、浮躁，脚步凌乱，宽窄巷里却是悠闲、自在、静好的，仿佛是另外一个世界。

有道是"宽巷子不宽，窄巷子不窄"，这句话充满人生智慧和哲学思辨，有趣、有识、有理，意蕴深厚，值得玩味和咀嚼。宽与窄只是相对而言，有宽便有窄，宽窄文化中蕴藏着无尽的人生美学。从精神层面来讲，宽与窄超越了字面意思。心宽了，世界就大了；心窄了，世界就小了。

我有一位朋友，曾从事销售行业，兢兢业业，勤勤恳恳，做了好几年，却一直升职无望，心中戚戚然。又熬了一段时间，看到别人升职，自己依然留守原地，终于忍无可忍，放弃。迟到、早退、消极怠工成了他的家常便饭，老板无奈，找到他说："本来很看好你，觉得你一直很努力，想等分公司成立时，让你去独当一面，可是你现在的表现，我也只能忍痛割爱。"朋友懊悔不已，心想，自己的心怎么就那么窄巴呢？那么多年的努力都白费了，以致路越走越窄。

宽窄在己心，如何看待宽窄，如何把持宽窄，别人帮不了你。曾国藩有人生三境之说："少年经不得顺境，中年经不得闲境，晚年经不得逆境。"年少未经事，路途走得太顺太宽，容易轻狂犯错，迷失方向。人到中年是身体与精力最好的阶段，如果太闲，容易丧失斗志。人到晚年经不起折腾，如果路途走得太曲折、太窄巴，容易一蹶不振。

世间万事万物，有宽有窄，有多有少，有大有小，有高有低，有舍有得，人生又何尝不是如此？当然，更多的时候，不是表层上那般泾渭分明，宽不一定宽，窄也不一定窄，宽窄的背后是玄妙的道家思想，是哲学的辩证。宽是一种豁达，窄是一种微妙，需要大的人生智慧去辨别和断识。

人生在世，有高峰便有低谷，有顺境便有逆境，有宽便有窄。无论宽窄都是人生常态，行到宽处要善待他人，行到窄处要善待自己。遇宽不骄傲，遇窄不气馁，才是人生的智者。

一切靠自己

◎黄永武

　　有人将人生比作一局撞球，无端斜里飞来一球，打得你我他各自在球盘中连环乱撞。有人将人生比作一场偶戏，暗地里有千百根牵着每个木偶的线，木偶本身一点力气也使不上。这样的比喻，好像人生全属命运的作弄，未免太悲观了。

　　依我看，世间万事，如果像一艘万吨的大船，东向西向，由数尺的船舵操纵，这船舵就是我们自己。人的一生，为祸为福，也操纵在自己的灵犀之中。自己自信，别人才给你信任；自爱，别人才给你爱心，一切都靠你自己才对。

　　没有自信的人，首先就是哀求鬼神的庇佑，内心有了疑难，只想四处求卦问神，其实真正的鬼神，就坐在你自己心里。

　　我记得元朝不鲁罕皇后的独子死了，就埋怨皈依的上师道："我师事上师这样虔诚，为什么仅有的一个儿子也庇佑不了？"上师回答得妙："佛法就像灯笼，外界的风雨来时，或许可以遮蔽一阵，但如果蜡烛自己烧光了，灯笼又奈何它呢？"上师点出自己才是关键，倒不失为一个真理，有的蜡烛嫌自己一头燃烧太慢，激情地希望两头一起烧，谁又能庇佑它长久呢？

　　没有自信的人，总想追求外在的品牌来装饰自己、增美自己。凡是在名片上印了十几种头衔的，不穿名牌衣服觉得不能显扬身份，不拉点洋关系，不数数显赫权贵的名字就不能张扬社会地位的，这些期待外在的符号来肯定自己，期待外烁的威仪来显扬身价，都是自卑的人。一个有才学的处士，可以做到"不避贱业"，内心的"自贵"才最重要。有诗道："要识美人颜色好，乱头粗服亦相宜""岂知名士生来韵，野服山装亦可人"，内心能"自贵"，就不必依仗外在的服饰。

　　没有自信的人，总想依赖别人，东送礼物求人提拔，西拉关系求人照顾，若自己真有才华，像太阳的真光照耀，别人如何遮掩忌刻得了？自己真有病根，也只有自己立愿把它医好，别人无法帮你长生的。所以自己的缺点自己改正，自己的命运自己创造，古谚说"乞火不如取燧，寄汲不如凿井"，向别人求火，不如自己会打火取燧；向别人求水，不如自己去凿井引泉，求己胜于仰人，一切靠自己！

记住，人们也在羡慕你

◎毕淑敏

不管怎么样，我觉得自己老了。当别人问我年龄的时候，我支支吾吾地反问一句："您看我有多大了？"佯装镇定的背后，希望别人说出的数字要较我实际年龄稍小一些。倘若人家说得过小了，又暗暗怀疑那人是否在成心奚落。

于是我把所有的精力放在孩子身上。记得一个秋天的早晨，刚下夜班的我强打精神，带着儿子去公园。儿子在铺满卵石的小路上走着，他踩着甬路旁镶着的花砖一蹦一跳地向前跑，将我越甩越远。

"走中间的平路！"我大声地对他呼喊。"不！妈妈！我喜欢……"他头也不回地答道。

我蓦地站住了，这句话是那样熟悉。曾几何时，我也这样对自己的妈妈说过："我喜欢在不平坦的路上行走。"这一切过去得多么快呀！从哪一天开始，我行动的步伐开始减慢，我越来越多地抱怨起路的不平了呢？

这是衰老确凿无疑的证据。岁月不可逆转，我不再年轻了。"孩子，我羡慕你！"我吓了一跳。这是实实在在的声音，从我身后传来，说得很缓慢。

我转过身，身后是一位老年妇女，周围再没有其他人。这么说，是她羡慕我。我仔细打量着她，头发花白，衣着普通。但她有一种气质，虽说身材瘦小，却不禁令人仰视。我疑惑地看着她，我不知道自己有什么值得人羡慕的地方——一个工厂里刚下夜班满脸疲惫之色的女人。

"是的，我羡慕你的年纪，你们的年纪。"她用手指轻轻点了点，将远处我儿子越来越小的身影也囊括进去，"我愿意用我所获得过的一切，来换你现在的年纪。"

我至今不知道她是谁，不知道她曾经获得过的那一切都是些什么，但我感谢她让我看到了自己拥有的财富。我们常常过多地注视别人，而自己在不知不觉中失去了最宝贵的东西。

人的生命是一根链条，永远有比你年轻的孩子和比你年迈的老人，我们每个人都有自己的位置，有一宗谁也掠夺不去的财宝。不要计较何时年轻，何时年老。只要我们生存一天，青春的财富就闪闪发光。能够遮蔽它的光芒的暗夜只有一种，那就是你自以为已经衰老。

年轻的朋友，不要去羡慕别人，要记住人们也在羡慕你！

人生是诗意还是失意

◎丁立梅

他参加中考那年，十六岁。成绩一直很优异，大家都预言他一定能考上小中专。那时候，考上小中专，对一个农家孩子来说，是巨大的福祉。

考试那天，父亲特地放下农活，送他到考场。考场门口，父亲生满老茧的手，重重地拍在他的肩上，说："儿啊，你能不能跳出农门，在此一举了。"他看着父亲，重重地点头。

考完试，忐忑不安中，终于等到分数揭晓，他的成绩比录取分数线高出10分。父亲宰了家里的羊庆祝，一村人都分享到了他家的羊肉。接下来就是等待录取通知书，却左等右等不来。父亲去镇上转了一圈回来，蹲在屋檐下吸着旱烟叹气，原来，他的名额，被一个干部子弟占去了。

后来他在亲戚们的接济下，去读高中。三年寒窗苦读，他以高分被一所大学录取。有月亮的晚上，他会在阳台上吹笛子。他是喜欢这样的生活的，有音乐，有画，还有清风和明月。在十九岁的他的心里，人生当如此，充满诗情画意。

然而他在大学的例行体检中，被查出患了乙肝，城市还是别人的城市，他回了他的乡下。窝在十来平方米的房间里，他的心里，布满灰暗和伤痕。人生失意至此，还有什么可盼可等的？

识字不多的父亲，讲不来大道理，手里抓一把大豆，又抓一把麦子，对他说："在农村，也没有什么不好的，种下豆子就长出豆子，种下麦子就长出麦子。"他后来反复回味父亲的这句话，品出另一种味道，那就是，好好活着，就是快乐。

他在农村安定下来，成了农民中的一个。但到底是读过多年书的，他骨子里的诗意，哪能丢掉？他在房前种花，却因此耀了一村人的眼，大家纷纷来向他讨花的种子。

他在星光下吹笛，引得纳凉的村人，都聚拢来听。他还因此觅得知音，一个喜欢他的笛声的漂亮姑娘，成了他的妻。

他还迷上根雕。农闲时，他在上面精雕细琢，小羊小狗的模样，很快活灵活现起来。村里人家，家家都得到了他的根雕礼物，他们把它摆在堂屋里，成了最美的风景。再后来，竟有人花重金，慕名前来购买他的根雕。

他是我的朋友，一个很普通的人，却用他的经历，阐释了这样一个道理：人生失意总是难免的，要紧的是，在失意中，活出诗意来。好好活着，才是生命的本质。

猫的本事

◎周 涛

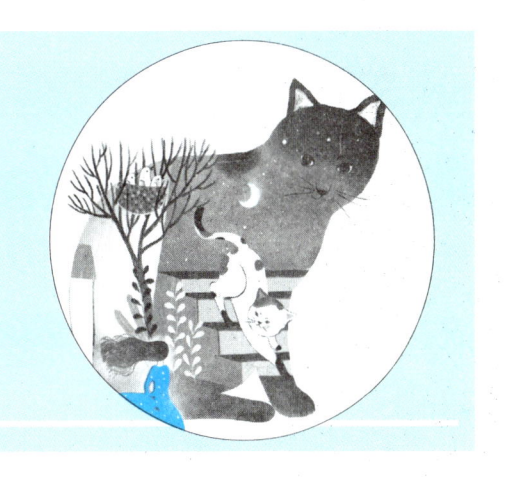

在农村，猫的重大作用和高超本事被发现、观赏，而且分别以正剧、喜剧和暴行三种形式演出。

第一次，我家的猫成功地扮演了正面英雄的形象。那是个美妙的黄昏，我们全家坐在土炕上闲聊，而猫，蜷卧在广阔土炕的一隅昏昏沉睡。一只老鼠，正顺着土墙根悄悄回洞。洞就在墙角，那鼠，已经离洞口不远了。急得我们直喊："猫！老鼠——"

喊声惊醒了猫。它稀里糊涂地东张西望，等它看见时，那只老鼠眼看着已经到洞口了。猫就是猫，它从土炕的一隅到墙角的鼠洞，必须跨越横七竖八的我们杂乱的腿，必须在老鼠全身钻入洞口的一瞬间扑出一丈开外。这太难了，但是它奇迹般地实现了。它几乎是一个闪电，用右前爪把完全入洞的老鼠给掏了出来！

有趣的是，没过两天，我又目睹了一次这只猫逮老鼠时上演的滑稽戏，它像个小丑，简直可以说是笨透了。那天是一只老鼠在面柜附近折腾，弄出了声响。猫听见了，绕着面柜底又堵又掏，像和老鼠捉迷藏。结果，那老鼠爬上面柜，不小心，掉进面柜里。花猫不知道，还在下面费精神。父亲着了急，把猫抱到面柜上。花猫很固执，坚信老鼠还在柜底，又跳下去寻。父亲又把猫抱上去，它还想往下跳。如此几次，终于，面柜里的老鼠白乎乎地一动，它看见了，扑下去咬住，弄得满身面粉，像掉进了石灰里……惹得我们大笑。

我家的房檐上有一个野鸽子搭的窝，不算很高。花猫常在屋檐下仰看。一天中午，我只是想逗逗那猫，馋馋它——就把一根粗木柱斜架在墙上，故意离那鸽巢很远，我估计花猫够不着。它抓住木柱，像杂技演员一样，上了顶端。它在柱顶立起来，前爪抓着土墙，像美国职业男篮队员双手扣篮那样，一耸而起，两只前爪抓住鸽巢，凌空悬在下面。它双目闪耀出果决、勇猛、精神抖擞的杀气和置一切危险于度外的野蛮！

它用一只前爪抓紧鸽巢吊住悬空的身体，腾出另一只前爪来，伸进窝里，掏出一只羽翼渐丰的小鸽子，然后放进嘴里，咬住；翻身跃向柱顶，下到地面，呜呜地叫着，在墙角吃起来。

我后悔莫及，暴行已经成了恶果。

结论：不能小看猫。猫虽然是温驯的、可爱的奴仆，可它却是老鼠的克星，鸽子和平生活的破坏者。它的兽性一旦发挥出来，本事惊人。

你为什么拿这一个

◎张晓风

回家之前，我去买了一些水果。

我买了一根香蕉、两个橘子和一个泰国椰子。买椰子有个非常简单明了的诉求，我口渴了；此刻已是晚上十点半，我在外工作了一整天，非常辛苦，自己带的水也喝完了，椰汁甘美近酒，而且椰子壳对大地是无害的。

但我在排队付钱的时候，收账的老板娘却用非常奇怪的眼神望了我一眼，说："喂，阿姨，你为什么要拿这一个？"

她指的是那个椰子。

"没什么，我随便拿的。"我说的是实话。

付完钱，我请她帮我在椰子上凿一个洞。她凿好，替我插上麦管，然后，她转过身来，又追问了一句："那么多椰子，你为什么偏偏拿这一个？"

这一次，轮到我好奇了："这一个，有什么不该拿吗？"

"大小都是三十元一个，这一个，特别小呀！"她叹气，仿佛我很傻。

"所以，刚才那根香蕉我没跟你算钱……但是，怪呀，你为什么要选这一个呢？"

她年纪看起来不算小，从事这一行想必也有些日子了，阅人大概也不在少数，看到我这种顾客不选大反选小，简直颠覆了她用"专业知识"归纳出来的金科玉律，所以想穷追猛打问个明白。

但我并不想挑个大大的椰子：我此刻并不太渴，就算渴，我也快到家了，我只想有点什么润润喉而已，有什么必要花时间去精挑细选一个椰汁饱足的大椰子呢？这跟道德修养不太有关系，我只觉这样做比较合理而已。如果我此刻刚行过沙漠，口干舌燥，看见椰子摊儿上有大小不一而价钱一样的椰子，我大概也会拣个大的拿吧。

可是回顾前尘，我的大半辈子好像都没碰上什么非争不可或非挑不可的事，我习惯不争，可也没吃过什么大亏。像此刻，老板娘不就免了我的香蕉钱吗？也许她可怜我吧。其实她没算我的香蕉钱我也是经她说明才知道的。我习惯不看秤，不复核，店家说多少我就给多少。我不是个全然不计较的人，但生命、义理都够复杂了，实在顾不上水果的价钱啊！

我当场把椰汁喝完了，那分量不多不少，刚刚够润我当下的枯喉。

像龙虾脱壳，每一年

◎吴淡如

每一年，都该送自己一个礼物才好。这样，才能记得那一年没有白白地活。

为了要记住什么，让这一年显得有意义，我通常会想出一些以前没有做过的点子。

例如，有一年去南极，有一年去北非，今年送自己的礼物是奈良马拉松。

其实这个礼物本来有一点赌气的成分，因为我已经是第四年在东京马拉松的抽奖选拔中落空了。

2018年年底，我送自己的礼物是奈良马拉松，全马。几个月前，为了弥补失落感，我给自己报了不需要抽奖，只看先来后到的奈良马拉松。

温带地区的秋天和春天是跑马拉松最宜人的季节，冬天肯定是严苛挑战，特别是在以阴湿闻名的古都奈良。在报名时当然没想这么多。

前一天在东京把公司该开的会都开完（我的小公司设址东京），下午才急奔奈良。到达时连车站都是"几无人烟"，依规定在前一天一定要完成马拉松报到，走进会场领号码牌时我真敬佩那些在刺骨冷风中还热情招呼的义工人员。

奈良马拉松，得绕过一整座山，6小时要完成42公里，传说中就是场硬仗，特别是气温平均只有三摄氏度，冷风灌进肺里有如醍醐灌顶，前5公里我就不断地"撞墙"，冷空气都在肺里，脚趾像冰棍，心中有两个人不断对话："放弃吧，跑10公里就好，去奈良公园喂鹿？""让我想想。""放弃吧，跑半马就好，回东京晒太阳。""让我想想。""其实，根本没有人在意你是否跑完，你没跟朋友来，没有面子问题。""不行，再跑12公里就完成了，看时间走也走得完。"然后在不断挣扎攻防中，看到终点之门。

龙虾是这世界上最辛苦的生物之一，想长大就要脱壳，有的一年脱20次，不脱也会死在老壳里。如果自己脱壳失败，也就表示呜呼哀哉。人，比它幸运得多。

我猜，脱壳其实是很痛苦的吧。在冰冷的空气中跑马拉松相较而言不算什么。我一路为自己想得到的所有人祈福，包括生者与逝者，终于完成这个充满痛与快的新年礼物。

有什么比在路程单调又冗长的马拉松时间里更能和自己对话呢？完成等于自我更新。我，又脱了一次壳。

感觉去了半条命，但是，多么值得对自己说：新年幸福，新生快乐！

精神灿烂

◎张丽钧

凡清代画家石涛看得上眼的书画，定然符合他给出的一个标准，那就是"精神灿烂"。

自打这个词语植入我的心境，我发现自己几乎依赖上了这种表达。看到一株树生得蓬勃，便夸它"精神灿烂"；看到一枝花开得忘情，也赞它"精神灿烂"；在厨房的角落，惊喜地发现一棵被遗忘的葱居然自顾自地挺出了一个娇嫩花苞，也慨然颂之"精神灿烂"。

在清末绣娘沈寿的艺术馆，驻足精美绝伦的绣品前，我一下子就明白了，为何这个女子能让一代巨贾张謇为她写出"因君强饭我加餐"的浓情诗句，她将灿烂之情交付针线，那细密的针脚里，摇曳着她饱满多姿的生命。她锦绣的心思，炫动烂漫，无人能及。

学校的走廊里挂着一些老照片，尤其其中一幅，青年学生在文艺会演中夺了奖，带着夸张的妆容，在镜头前由衷地、卖力地笑。我相信，每一个从这幅照片前经过的人，不管揣了怎样沉沉的心事，都会被那笑的洪流不由分说地裹挟了，让自己的心也跟着泛起一朵欢悦的浪花。

美国著名插画家"塔莎奶奶"最欣赏萧伯纳的一句话："只有年少时拥有年轻，是件可怕的事。"为了让"年轻"永驻，她不惜花费30年的光阴，在荒野上建成了鲜花盛开的美丽农庄。她守着如花的生命，怀着如花的心情，把每一个平凡的日子都过成美妙童话。满脸皱纹如菊、双手青筋如虬的她，扎着俏丽的小花巾，穿着素色布裙，赤着脚，修剪草坪，逗弄小狗，泛舟清溪，吟诗作画。她说，下过雪后，她喜欢去寻觅动物的足迹；她把鼹鼠的足迹比喻成"一串项链"，把小鸟的足迹比喻成"蕾丝花纹"。92岁依然美丽优雅的女人，告诉世界，精神灿烂，可以击溃衰老。

在石涛看来，"精神灿烂"的对面，颓然站立着的是"浅薄无神"。我多么怕，怕太多的人被它巨大的阴影罩住。我们的灵魂情态，我们的生命状态，一旦陷入这样的泥淖，它所娩出的产品（无论是精神的还是物质的）定然是劣质的、速朽的，甚至是富含毒素的……

相信吧！一个精神灿烂的人，可以活成一座花园；一个精神灿烂的群体，可以活成一种传奇。

没有天赋怎么办

◎冯 唐

我们经常会面临一个巨大的困扰：这件事我必须做，但是我真的没有天赋把它做好，怎么办？两个字解决这个问题——"有常"。简单地说，就是坚持，没天赋也能活，甚至能活得挺好。

举一个曾国藩的例子，他说："人生唯有常是第一美德。"人生的第一美德，是你能坚持做一件事。他拿自己写毛笔字做例子，"余早年于作字一道，亦尝苦思力索，终无所成"。他在写毛笔字这件事上，非常努力地去思考和尝试，结果呢？什么变化都没发生。

"近日朝朝摹写，久不间断，遂觉月异而岁不同。"最近每天写，一直坚持没间断，就会发现每月都有所不同，每年都有所进步。这是曾国藩告诉我们的，如果在你必须做的事上，没有天赋该怎么办。

为什么说写字对曾国藩来说是一件必须做的事？因为从唐朝开始，人们就是从"身、言、书、判"这四点，去判断一个人能不能干，值不值得被信任，会不会升官。而皇帝喜不喜欢一个人，"书"是一个很重要的因素，也就是一个人能不能写一手好的毛笔字。

曾国藩在书法上没有天赋，但是下了功夫。他每天都写，写出了一手不难看的字，自娱自乐，间接能娱人，也能应酬，给寺庙题个匾额，给同僚写副对联，够陈设，够美观，不丢份。

从我个人来说，我没有天赋或者天赋较少的方面是财务。我27岁念MBA之前学的是理工科、医科，对财务一窍不通，而且我确定把两个账配平、把一个账本研究透，不是我的天赋所在。我用的办法，有点像曾国藩练书法，多学我不懂的，多学我没天赋的。MBA只读两年，我学了六门财务课——金融会计、成本会计、税法、财务报表分析、企业金融、中级会计，占了我MBA课程的近40%。

MBA的这些课程对我造成的短期影响全是不良的，很累，睡不好觉，吃得也少，课程成绩不好，老师也不喜欢我，但长期的好处就是弥补了我在财务方面基本功的不足。中长期的好处是，现在别人拿财务报表骗不了我。我能配平账，也能看懂资产负债表、损益表、现金流量表，甚至能看懂七七八八的税，当个独立董事没问题。

在必须做的事上，没有天赋怎么办？迎难而上，我就干它，我多安排时间干它。

吃鱼的故事

◎王立群

《史记》中有则吃鱼的故事。

公仪休嗜鱼，既云"嗜"，就非一般的隔三岔五地尝点腥味了，可能是"不可一日无此君"了。但是，就是这个"嗜鱼如命"的博士相国坚决拒受他人馈赠的鱼。公仪休有他自己的想法：我身为相国，有能力顿顿吃鱼，要是现在接受别人送来的鱼，一旦我这个相国因此被免职，再想天天吃鱼，恐怕就很难做到了。

天下没有免费的午餐，这是公仪休嗜鱼却不受鱼贿的心理活动，他的拒贿源自内心的敬畏，他也成为严于律己的典范。

除此之外，公仪休还留下了"拔葵去织"的典故。自家园子里种的菜味道鲜美可口，那可不行，拔掉；自己的媳妇织的布好，不行，不但要烧掉机杼，还要把媳妇赶回娘家。这也有他的逻辑：我们拿着国家发放的薪水，怎么能够与民争利呢？我们这样做，让那些菜农、织妇怎么卖他们的产品，怎么去生活？

公仪休的理论是"食禄者不得与下民争利，受大者不得取小"，不能守着锅里的，还看着碗里的，公职人员不能和老百姓争利。

《老子》说："祸莫大于不知足，咎莫大于欲得。故知足之足，常足矣。"

意思是说：罪恶没有大过放纵欲望的了，祸患没有大过不知满足的了，过失没有大过贪得无厌的了。

所以知道满足的人，永远是觉得满足的、快乐的。公仪休深知"知足者富"的道理，所以顿顿有鱼吃。

要知足，就必须抵制诱惑。公仪休嗜鱼不受鱼，也是奉法循理、保持自己生活质量的简单办法。

道理都很简单，谁都懂。

拒绝一条鱼、两条鱼可能做起来易如反掌，但要是换成一车鱼，换成一片大海呢？

诱惑大了，你是不是就要想想了？这一想，麻烦可就大了。

每一只鸟活着都是奇迹

◎傅 菲

近乎天使的鸟，一生充满苦难、不幸和悲壮。

母鸟自产卵下来，鸟惊心动魄的一生便已开始。许多动物喜欢吃鸟蛋，如蛇、黄鼬、蜥蜴、山鼠、野山猫等。猎人因此以鸟蛋为诱饵，设置踏脚陷阱，捕获黄鼬。

鸟，从破壳开始，它们的每一天，都活得惊心动魄。除了捕食者，雏鸟还要面临无法抗衡的自然灾害。东方白鹳是中国特有的鸟类，属大型涉禽。东方白鹳一般营巢在高大的樟树、苦橘树等阔叶乔木上，但在河岸或湖岸边，这样的地方树木稀少，它们便在铁塔上营巢，巢呈盘状，比大脚盆还大。繁殖期正是南方雨季，也是暴风雨最猛烈的季节。暴风会把鸟巢掀翻下来，或者把雏鸟吹落下来。落下铁塔的雏鸟，很难逃脱被摔死的命运，所谓倾巢之下，岂有完卵。

关山路远，始于翅膀。一次试飞是路途对飞翔者的第一次生命检阅。

低空飞，中空飞，高空飞。山越来越小，河越来越长。关山飞渡。

但很多鸟，生命的长度不足千米。试飞时，摔下来，翅膀折断，被掠食者分食，或活活饿死。

候鸟，或旅鸟，一生都奔波在旅途中。它们的一生，都与远方有关。它们是远方的探寻者和征服者。它们依据星座、地球磁场、月盈月亏、风向、气候、草枯草荣、水涨水落，寻找远方的终点。它们的翅膀剪开暖流冷流，剪开雨雾霜雪，剪开白天黑夜。它们将忘我，它们将忘记生命。只有强者，唯有强者，可以驾驶帆船一样的翅膀，长途奔袭。候鸟用翅膀求证生命的长途，求证远方到底有多远。候鸟迁徙的时间、途径年年不变。迁徙时，候鸟必经之路，称为鸟道。

种群数量越大，鸟道上越是危机四伏。空中掠食者（游隼、雕、鹗等鸟）组成了阵列，肆意截杀。最残忍的是，在候鸟途中补充食物时，少数非法之徒架网、投毒，大量捕杀。鸟飞越了自然的屏障，却逃脱不了人的网。

旷野之中，一只云雀高高在上，一对对大雁南飞，一行两行三行白鹭上青天。——它们在飞翔，它们在鸣唱。它们所经历的九死一生，又有谁知道呢？

忘

◎季羡林

  我一向对自己的记忆力，特别是形象的记忆，是颇有一点自信的。四五十年前，甚至六七十年前的一个眼神，一个手势，至今记忆犹新，召之即来，显现在眼前、耳旁，如见其形，如闻其声，移到纸上，即成文章。

  可是，最近几年，古旧的记忆尚能保存。对眼前非常熟的人，见面时往往忘记了他的姓名。它成了我的一块心病。我像着了魔似的，走路，看书，吃饭，睡觉，只要思路一转，立即想起此事。好像如果想不出来，自己就无法活下去，地球就停止了转动。

  不得不承认，自己确实是老了。

  郑板桥说："难得糊涂。"对我来说，并不难得，我于无意中得之，岂不快哉！

  然而忘事糊涂就一点好处都没有吗？

  苏东坡的词说："人有悲欢离合，月有阴晴圆缺，此事古难全。"他是把悲和欢、离和合并提。然而古人说：不如意事常八九。这是深有体会之言。悲总是多于欢，离总是多于合，几乎每个人都是这样。如果造物主——如果真有的话——不赋予人类以"忘"的本领——我宁愿称之为本能，那么，我们人类在这么多的悲和离的重压下，能够活下去吗？人生下来，既能得到一点乐趣，又必须忍受大量的痛苦，后者所占的比重要大得多。如果不能"忘"，或者没有"忘"这个本能，那么痛苦就会时时刻刻都新鲜生动，时时刻刻像初产生时那样剧烈残酷地折磨着你。这是任何人都无法忍受下去的。然而，人能"忘"，渐渐地从剧烈到淡漠，再淡漠，再淡漠，终于只剩下一点残痕；有人，特别是诗人，甚至爱抚这一点残痕，写出了动人心魄的诗篇，这样的例子，文学史上还少吗？

  因此，我必须给赋予我们人类"忘"的本能的造化小儿大唱赞歌。试问，世界上哪一个圣人、贤人、哲人、诗人、阔人、猛人、这人、那人，有这样的本领呢？

  我还必须给"忘"大唱赞歌。试问：如果人人一点都不忘，我们的世界会成什么样子呢？

  遗憾的是，我尽管在"忘"的方面已经建立了有季羡林特色的学派，可是自谓在这方面仍是钝根。但是，我并不气馁，我并没有失掉信心，有朝一日，我总会达到的。勉之哉！勉之哉！

竹排嫂

◎刘心武

这是山东莱阳的一个镇子。一个很大的院子里，住着一位来自福建的老板，经营竹排生意。他进料加工所制的竹排，不是在水上运行的那种筏子，而是用于建筑工地，铺放在脚手架上，供建筑工人踩踏的承重物。这是并不轻松的体力活儿，本应由男子来干。但是如今镇子附近的村里，留守的男子多是老弱病残，于是，形成了竹排嫂大军。每个竹排嫂每天平均能挣80元，一个月下来，能有2000多元的收入。

羊群有头羊，竹排嫂里有头嫂，她男人恰好姓祝，从老板起大家就都叫她竹嫂。竹嫂五官端正，身体健壮，皮肤黧黑，嗓门儿特大。她男人在北京的建筑工地干钢筋工。

有次老板进的竹子，破开后飞出粉尘，显然那竹子是让虫子啃过了。竹嫂就向老板抗议："这批料不行！工地上的人踩上去，不安全！"老板说："知道你男人是干那个的，可哪能那么巧，偏赶上他去踩呢？再说，这样的竹片不至于就会踩折！"竹排嫂们的男人都是在建筑工地干活儿的，听了老板这话，一窝蜂反驳。一个说："她男人没踩上，我男人踩折了摔下来你偿命！"竹嫂就跟老板说："我们还给你拿它做竹排，不过不是在建筑工地用的，做成养羊的那种！"养羊的竹排承重不用那么讲究，而且，竹片之间要留缝，好让羊屎蛋漏下去，当然，批发价也就低许多。老板不愿意："最近哪有来要那种货的啊！"竹嫂就做主："姐妹们，这批竹子咱们就给他弄成养羊的！"她又对老板说："你不能赚黑心钱，你要有良心！做成的羊排给你码得齐齐的，早晚能销出去！"老板退让了："好吧好吧，你个竹嫂，还真惹不起你！"

来了个新手，她穿竹排的时候，本该在上好螺母以后，用锉子把露出的螺纹锉花，以防螺母在运送摆放中震松。为了计件多得，她却省了那道工序，直到收工前，才被竹嫂发现。竹嫂不依，那媳妇说："你倒比老板还狠，哪有那么巧的事，偏我做的就散架！"吵到老板那里，老板对那新手说："你的男人，是在城里收废品的吧？你要不跟竹嫂她们一条心，我也不敢用你了。我出的竹排为什么供不应求，口碑那么好？就是因为我这里干活儿的媳妇们的男人全在城里的建筑工地干活儿。她们的心思，是质量的保证，你想干下去，就得听竹嫂的，连我也得让她三分！"结果，那天竹排嫂们加班，把那新手做的竹排一个个找出来再加工，她们不再争吵，而是一起唱起了歌……

骡子的品行

◎ 蒋子龙

我是为了看一通为一匹骡子立的碑,才上白石山的。在中国的诸多名山中,只有白石山,才有这样一块碑。正所谓"千金一骨死乃知,生前谁解怜神骏"。

最早,白石山没有路,第一条路是怎么开出来的?一个聪明人赶着一匹骡子上山,让骡子随意走,骡子凭着它的天性走出的路,就是最便利、最安全的通道。骡子不仅为人类踩出了一条路,还要接着受累。修筑这条路所需的石材、木料等,都要靠它驮上山去。而且,无须人牵着,人在山下给它背上加满,骡知人意,便自会负重上山。到山上,有人将它背上的东西卸下来,它又自己返回,驮上东西再度上山,一天不知要山上山下地往返多少次。

开发一座大山谈何容易,后来,骡子累得看见石头就跑。但是,你只要把石头放到它的背上,它就开始顺着山道往上走,你不让它停下歇一会儿,它就一直走,直到累死也不会停脚。常被称赞为"千里马"的马、"老黄牛"的牛,则很少有累死的。它们一累,就不走了。

老祖宗在创造"骡"字的时候,似乎就决定了骡子的性格与命运。或者,老祖宗是根据骡子的性格和命运才创造了"骡"这个字。它就是受累的马,自然要比马和驴干更累的活。

据《齐民要术》记载:"以马覆驴,所生骡者,形容壮大,弥复胜马。"

开发白石山的这匹骡子,每天从早到晚,山上山下,不断往返,蹄如踏铁,憨走哧哧,不知道歇脚,不知道偷懒,终疲累而亡。开山的人感念这匹骡子,便立了这通石碑。

之所以对白石山的"骡碑"感兴趣,是因为我对骡子有一种特殊的感情。当年,我家就有一匹大青骡子,小小年纪的我,也能感觉到父亲与大哥对那匹骡子的钟爱。每当下地或要干重活前,大哥总会给骡子加小灶,抓一把黑豆放到它嘴边,看着它香甜地咀嚼,轻抚它的脸和它光滑的皮毛。干重活儿、驮重东西,都是大青骡子的事儿。有时,它还可替牛驾辕……在战争时期,那匹骡子被强行征走,父亲险些急疯了。

《中国大百科全书》这样注释骡子:"耳长,颈短,腰部坚实有力。生命力和抗病力强,饲料利用率高,体质结实,肢体强健,富持久力,易于驾驭,主供使役,役用价值高于马、驴。"因此,许多务实的农民,也会想办法得到一匹扎实、能干的骡子。

骡子是那种忍辱负重、忠心耿耿、堪托生死的动物。现代人大都希望当"白马",后边还要加上"王子"二字。殊不知,娱乐时代、享乐社会,最缺少的就是骡子的品行。

拜动物为师

◎黄永武

中国人觉得：万物都是人类之师。相传朱熹的《壁诗四绝》，就是值得玩味的动物启示录：

雀啄复四顾，燕寝无二心，量大福亦大，机深祸亦深。

麻雀一面啄食，一面警惕四顾，充满狐疑的心机；而燕子则坦然栖宿梁上，认定了主人，就一心一意托福于主人，没有第二条心。结果麻雀整日啁啾不息，没一刻可以安心，没一处可以安身，随时有弓弹网罗的祸事！而燕子则不须盘算，只讲信任，以一副笔直的心肠与人相处，夜夜香梦稳睡，双舞并栖，像一对幸福的夫妻。

朱熹从这心思迂曲、张皇四顾的小雀生涯中，领悟出心机愈深沉，祸事愈深重。又从观察紫燕安然巢栖于画栋，带给主人富贵福气的瑞兆，领悟出器量大者福分也大的道理。

耕牛无宿草，仓鼠有余粮，万事分已定，浮生空自忙。

要人安分是不容易的，每个人的愿望无边无际，而所得却有限，所以愤懑的人必居多数。如果能想一想，辛劳十分的耕牛，偏是工作一天才有一天的粮草，而肥硕的仓库老鼠，偏有永远吃不完的米粮，耕牛如果因而愤愤不平，不肯再尽本分也贪图不劳而获，就必然有不安分的灾祸。无论上天安排你是耕牛还是仓鼠，都要安命，你不能硬闯不属于你的世界。

翠死因毛贵，龟亡为壳灵，不如无用物，安乐过此生。

凡是一物的特殊长处，也常常就是此物致命的害处。翠鸟的死，是由于背上有彩羽，为世间美人所喜爱，王公家要取来做妇人的首饰。而乌龟被认为有先知决疑的本事，愈有预告祯祥的灵迹，愈有被剖肠灼壳的忧患。想想大蚌也因孕育明珠而被敲裂，鹦鹉因为口才太好被锁在轩槛上，大熊因为有掌，犀牛因为有角，而遭格杀。韩信、彭越也是因为有过人的才能而惨遭屠戮，不如无用的庸才，反而安乐、平安地度过平生。

鹊噪未为吉，鸦鸣岂是凶？人间凶与吉，不在鸟音中。

鹊又名喜鹊，相传喜鹊噪叫，是远方行人到来的瑞兆，乃向香闺报喜讯的吉祥的声音。而乌鸦则相反，叫声难听，是不祥的预告，所以是惹人厌的"乌鸦嘴"。

朱熹认为吉凶不在鸟音之中，而是掌握于自己的心田，居敬穷理，总是吉，正心诚意，哪会凶？人必须相信自己，站得正，行得正，必然是吉，不必管什么鸟在叫。

少年痛

◎王 族

夏天，我们有无数次去小河里游泳的机会，但十三岁那一年的一次游泳像一道伤疤一样，至今都是我心里的痛。

那天，前几天的大雨让河水深了很多。无意间一瞥，我看见一个小伙伴脸上闪过一丝诡异的笑，还回头向我们放衣服的地方望了一眼。他想干什么？我断定他会偷东西。他们一家人的名声都不好。

我警觉起来，转身走到我的衣服前，从口袋里掏出我积攒了一年多的一大把硬币，分开捏在左右两只手里下了河。我的这些硬币是我准备下次去新华书店买一本《林海雪原》的，如果让他偷走，还不把我气死？我把硬币捏在手里，那小孩无论如何都无法偷走。

我游到中间才发现河水之深超出了我的想象，不仅我游得很吃力，水流也比以前快了很多。我被激流一冲便沉入了更深的水中。我企图踩着河底的沙子走到对岸去，但是河水太深，我伸直了脚也踩不到底。更可怕的是，这样一折腾，我嘴里灌了几口水。我觉得死亡像龇牙咧嘴的怪兽，用它的尾巴试探着扫了我一下，水里便卷起了阴影。

好在我当时并没有丧失理智，并且拼命从恐惧中挣扎出来，保持正常的姿势游到了对岸。

我爬上岸后喘着粗气，浑身软得没有一点力气，但内心很庆幸，我没事了，不管河水有多深，水中有怎样的怪物，都已经被我甩到了身后。

我回头去看河水才发现，我捏在手里的硬币落进了水中，此时正在河底的沙子上闪着光芒。那是我积攒了一年多的钱，我已经在内心无数次想象过用它们去买《林海雪原》。我一咬牙，决定下河把那些硬币捞出来，但那一刻从河中弥漫过来的一束强光，以及河水涌动起的波纹，再次让我感觉到水中有怪物。那一刻，死亡的恐惧像鞭子一样抽在我身上。我心里一阵痛，一步也不敢向河水靠近。

我只有十三岁，刚刚经历的死亡恐惧像无形之手，几近把我撕裂。我不知道想别的办法，或者求助伙伴们把我的钱从河中捞出来，只想远离河水，因为让双脚踏在岸上才最安全。那些硬币在水波纹的漾动中，一闪便不见了。我的心随着那光芒一闪一隐，便一抽一扯地疼。这是我攒的第一笔钱，却换来了这样的疼痛，我的眼泪下来了。

那一刻，我第一次体会到人的无奈之痛是什么滋味。

大雁飞过

◎汤馨敏

大雁的一生，和人的一生，究竟哪个更轻松、更自由、更快乐？有人会说：肯定是大雁。

那只是人的说法。大雁从不反驳。因为大雁不会说人话。如果大雁会诉说，如果它们真实地陈述它们的一生，人类可能会觉得，自己的那点事、那点难、那点痛，真的不算什么。

大雁的一生，非常劳苦。大雁的消化道很短，一次只能吃下很少的食物，加上飞行需要消耗很多能量，大雁很容易饿，一天要吃很多次，需要比人类更频繁地觅食。从早上到晚上，大雁都在忙。给自己找食物，给幼鸟找食物，是它们永远的重心。

大雁的一生，非常能忍，能吃苦，能扛事。一年两次迁徙，拖家带口，连续一两个月，长达几千公里的飞行，这样的苦役对人类来说无法承受，但是大雁觉得理所当然。它们从不思考活着的意义，它们凭借本能，在季节的驱动下延续生命的进程。

大雁的一生，是达观的及时行乐和活在当下。它们拎得清，在迁徙、繁殖、筑巢这样的大事上毫不含糊，从不推脱，总是按时按量精准地完成任务。在劳作的间隙，它们很会享受闲暇，总是尽情享受大自然的各种恩惠，有谷子吃谷子，有虫子吃虫子，有鱼就抓鱼，有水就洗澡，有树枝就休息一下，顺便看看美景唱个歌。

大雁从不向人展示它们的愁苦。大雁非常自信，也很容易满足，有这一顿的食物，它们就感激地唱歌；至于下一顿在哪里，它们不问也不猜，它们相信自己找得到，从不为此过度忧虑。

大雁从来不想占有太多，但它们最后拥有了天空和大地。

人类如果经常注视大雁，会让自己舒坦很多。经常注视大雁的人类，会减少不必要的欲望和行囊，会慢慢增加智慧和勇气，会去除杂质，活出内心的质感。

如何让自己感觉幸福？适当地离开自己，去看看周围，看看别的生命，看看林中的树木、天上的飞鸟、水里的鱼。

如果有一天，成群的大雁从你的头顶飞过，请你停下来，仰望它们，欣赏它们，感受它们，祝福它们，然后目送这远道而来的精灵，没入蔚蓝的长空。

无论在哪儿，你要去看看长空，看看那些无边无际，吞没所有又托举所有，包容所有又安慰所有的——蓝，它会让你忘记，忘了你的忧伤和你的难。

稻谷来到了春天

◎帕蒂古丽

那一年,稻谷还在地里,大雪就像盗贼一样从南山那边扑过来,抢夺了村庄收割的喜悦。爹爹悔得直跳:"嗨,就在地里多放了一夜,谁知道雪这个贼娃子,会把一地壮壮实实的稻谷全给埋起来了。"

"辛苦了一年的收成,总不能就这样送给雪贼,就是一点一点挖,一捧一捧捧,也要把它收回来。"妈妈低头看着隆起的肚子说。这天,村里的大人孩子全都出动了,扛着铁锹、木锨,推着手推车,带着簸箕、筛子,到雪地里刨稻谷。妈妈挺着大肚子,抱了一大捆干树枝在炕洞里点燃了火。爹爹掀开了大炕上所有的苇席和毡子,把六麻袋夹带着冰雪的稻谷全都倒在了大炕上,用木锨摊平。爹爹把苇席、毡子、褥子,一层层铺在摊开的稻谷和冰雪上,妈妈抱来的干树枝已经堆满了半间屋子。爹爹说:"孩子们,你们拉开被窝,就睡在稻谷上。我和你妈一起把炕烧热。"晚上,睡在炕上,一股凉气从身子底下直往上拔。

"下面火炕烤,上面身子焐,稻谷干得快一点。"爹爹在被窝里说这句话时,牙齿都打着战。我们在稻谷上睡了一个冬天。我们每天晚上早早就躺在火炕上,用身子去暖那些稻谷。冬天终于到了尾巴根上的时候,又一个弟弟降生在铺满稻谷的大炕上。大炕上又多了一个娃娃,家里顿时热闹了很多。我们把稻谷从大炕上扫起来,堆到场院里,爹爹给马套上了石碾子。我们把妈妈扬好了的稻谷,用木锨和簸箕铲进大麻袋里,抬到了车上。爹爹把驴车赶上高高的大梁坡,我和弟弟妹妹坐在摞得高高的麻袋上。弟弟和妹妹跳下高高的麻袋垛子,在翻得松软的泥土上奔跑。爹爹停好了驴车,卸下稻种,坐在新打的田埂上,卷上根烟点着,美美地吸了一口,眯着眼睛看弟弟妹妹们在稻地里撒欢。

我问爹爹:"这么大一片稻田,这几麻袋稻种不够播咋办?"

爹爹捋了一下密密匝匝的胡楂,对着稻地盘算:"就是种子播稀点,也得把这块地全都撒上种子。今年雪水足,这地里,播上一颗种子,就能活一棵苗子,再等些日子,这稻地里就长满绿绿的稻秧了。"

爹爹说这话的时候,我看见他湿汪汪的眼睛就像是两大块水田,成片成片的绿色稻苗浸在他的眼波里,一下子盖满了整个大梁坡,连大梁坡上刮过的呼啦啦的风,都被爹爹眼睛里的光染绿了……

欠一点，刚刚好

◎王秋珍

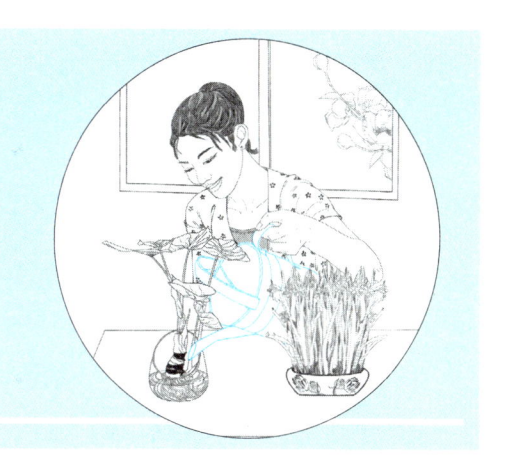

发现朋友的水培植物水非常少，好多根露出了水面。我对朋友说："看你忙的，水都忘记添了。"说话间，我已经将花瓶灌满了水。朋友笑道："你这就叫好心办坏事。水这么多，根没法呼吸，反而养不好。"我仔细看了看朋友的"一帆风顺"，可不是，叶子绿得像刚抹了油，白色的花瓣像鼓满的帆，那饱满的精神，宛如十七岁的少年。

前段时间，同事送过来三条鲫鱼，我把鱼倒进水桶，打开水龙头蓄满水。同事说："水太多了，鱼会很累的。""照你这么说，池塘里的鱼怎么活啊。"我觉得不可思议。

"桶里的鱼不一样，我们给它的水，够它立起来就行了。水一旦多了，它上下左右都没有依靠，反而养不久。"很多时候，不是越满越好，越多越好。欠一点，才是刚刚好。同事说。

往事突然踏马而来。十几年前，我学习擀面条。我往面粉里加水，总是偏多。水一多，面粉就无法揉在一起，我只好再次添加面粉。面粉加多了，我又加水。如此反复，面团越揉越大。

如今想来，我多么像幽默漫画里的某个角色，总想做得好一点，却总是把事情推到反面。欠一点，才是刚刚好。这话听起来矛盾，却蕴含禅意，饱含生活的智慧。

君不见，家庭主妇总喜欢烧上一大桌饭菜，担心家人吃不好。如果是请客，就更加多了，不点很多很多的菜，似乎就没法显示主人的诚意。于是，大家的肚子撑了又撑，还是剩下好多。舍得的，直接把剩菜倒了；舍不得的，下一餐热了再吃。长此以往，浪费资源不说，身体还亮起了红灯。

同理，冬天的衣服，不是穿得越多越好。欠一点，给自己一点凉意，反而有利于激发身体的潜能。所有的物质条件，都不可太优越。多了，满了，人就会陷进欲望的沟壑无法自拔。而欠一点的状态，恰恰是我们的身体最舒适的状态，也是最能给我们动力的状态。

俗话说："月满则亏，水满则溢。"说的是自然现象，更是生活的姿态。

再大的世界，也有角落；再强的心，也需要起伏。含蓄而欠缺的人生，才能在不完美中趋向完美。

漂亮和美丽是两回事

◎严歌苓

在易卜生的《彼尔·金特》中，有个叫索尔薇格的少女，彼尔·金特在思念她时，总是想到她手持一本用手绢包着的《圣经》的形象。在昆德拉的《不能承受的生命之轻》中，特蕾莎留给托马斯的印象，是她手里拿着一本《安娜·卡列尼娜》。

这两位女性之所以在男主人公彼尔·金特和托马斯心里占据特殊的位置，是因为她们的书赋予她们一层象征意义。我的理解便是读书使她们产生了一种情调，这情调是独立于她们物质形象之外而存在的美丽。

易卜生和昆德拉都没有用笔墨来描写这两位女性的容貌，但从他们赋予她们的特定动作——持书来看，我们能清楚地看到她们美丽的气韵，那是抽象的，象征化了的，因而是超越了具体形态的美丽，不会被衣着或化妆强化或弱化，不会被衰老剥夺的美丽。

这并不是说，任何一个女性，只要手里揣本书，就会变成特蕾莎或索尔薇格；书在不爱读书的人手里，只是个道具。重要的是，读书这项精神功课，对人潜移默化的感染，使人从世俗的渴望（金钱、物质、外在的美丽等）中解脱出来，之后便产生了一种存在。

我于是感到自己的幸运——能在阳光明媚的下午，躺在乳白色的皮沙发上读书；能在读到绝妙的英文句子时，一蹦而起，在橡木地板上踱步。太好的文章如同太好的餐食，是难以消化的，所以得回味、反刍，才能汲取它的营养。

女人总有永别自己外貌美丽的时候。不甘永别的，如伊丽莎白·泰勒之类，就变成了滑稽的角色。时光推移，滑稽都没有了，成了"人定胜天"的当代美容技艺的实验残局，一个绝望的要超越自然局限的丑角，这个例证或许给了我们一点启示：漂亮和美丽是两回事。

一双眼睛可以不漂亮，但眼神可以美丽。不够标致的面容可以有可爱的神态，不完美的身材可以有好看的仪态和举止。这都在于一个灵魂的丰富和坦荡。

或许美化灵魂有不少途径，但我想，阅读是其中易走的，不昂贵的，不须求助他人的捷径。

泥土温润的光芒

◎刘学刚

土能育生万物，古人称之为"地母"。人们在土地上种植五谷，繁衍生息，唤醒深藏于泥土之中的无尽能量。

小时候，她是一个爱玩泥巴的女孩；长大后，她成了许多泥人的"妈妈"。她的故事从和面烙油饼开始。那年，她从山东省安丘市的一家毛巾厂下岗，然后开了一家油饼店。

在毛巾厂时，她已能够用纱线呈现花鸟虫鱼的千姿百态，离了厂，这技艺却没有离身。于是，在空闲的时候，她抓起一团团泥巴，捏制出一个个小小的泥人。

她捏的那些泥人摆在店铺的窗台上。店铺不大，临街的一间平房，前面是柜台，往里，面板、鏊子分列左右，最里边放着面粉和花生油，小店的格局一目了然。不过，再仔细看，发现在面粉上面的窗台，站了一群小泥人。有一天，店铺柜台外边排队买油饼的人群里，有一位在当地文化部门工作的干部。他看见了那些可爱的小泥人，然后对她说："专心捏泥人吧。"

后来，她真的专心捏泥人了。接的第一件活儿，是为本地酒厂捏制一组泥塑群，以此复原酒镇熙熙攘攘的旧日场景：坐着的烧锅，悬着的酒旗，酒肆的店家吆五喝六，赶集的人们摩肩接踵……彼时，她已在县城东郊的青云山上安家落户，终日与泥土厮守。

她抓起一团泥巴，捶打摔揉，要把宁静的时光和甜美的想法揉进泥团里。泥人们站在她的身边，她听得见它们的呼吸，她的内心漾起层层涟漪，一种幸福的涟漪。心满意足的她，手指在泥土里蠕动，那种感觉恍若游鱼归渊，又如飞鸟入林，自在欢畅。骨架早早搭好了，一些木板钢筋铁钉会让泥人更加牢固。接着是上泥堆大形。先在骨架上喷一层水，然后，她把泥团一块一块地往骨架上堆，继而，手持木槌将泥团砸实，那捶打的声音梆梆作响，应和着她心跳的节拍。

她又开始思考如何让泥人更加坚固。她选用土质细腻、含沙量少的黄河土渠河泥，加入适量棉絮，让泥土紧紧抱成团。她又心怀敬慕，远赴陶都宜兴，求教紫砂艺人，变泥人为陶人。最终，她成了"泥人王"，成了非遗文化传承人，让更多的人看见了泥土温润的光芒。她在城里捏泥人。仔细听，那些质朴的泥人，似乎在讲述着熟悉、鲜活的人生故事。定睛看，那是一幕幕蓬勃、喧闹的生活现场。

大地的滋味

◎刘江滨

《道德经》中云："五色令人目盲，五音令人耳聋，五味令人口爽。"这话多少有点令人沮丧。如果我们换一个角度看，大地之上，有青黄赤白黑五色入目，有宫商角徵羽五音贯耳，还有酸甜苦辣咸五味咂舌，色、声、味都在大自然之间蓬勃地存在着，呈现着，这是多么神奇瑰丽的景象！这一切，都拜大地所赐。酸甜苦辣咸，大地上的自然物都浸润其中，各有各的滋味。

五味中，甜绝对是当仁不让的一号主角，最受人们喜爱追捧。

或许我们生下来品啜的第一口乳汁是甜的，那是生命的芬芳，从此烙下深刻的味蕾记忆。大地和上苍也从不吝啬甜品的供应，如草盈野，如花满地。每一个人的童年都有一段"甜蜜史"，跟糖、草秣、瓜果有关。大地上的植物结出的瓜果都是甜的，甜瓜、西瓜、苹果、桃子、梨子、香蕉、葡萄……总之，甜就是幸福、欢快的滋味。

大地上长着甜，也长着苦。

我的第一口苦水来自我村的一眼老井。有一天，我在街上疯跑着玩儿，满头大汗，极渴，在一拐角处看到一个我叫婶子的妇人从井里提出一筲水，我趴到筲边便喝，妇人欲制止，已来不及了，我喝到嘴里一口水，随即噗的一下吐了出来，真苦啊。妇人哈哈大笑，说："你不知道这井水是苦的？"

其实，苦与甜是相对的，不吃苦中苦，哪知甜上甜？就像瓜蔓蒂根是苦的，而甜只是结出的果。苦，虽不堪言，却最耐人品咂回味，最为人间值得。

盐同样来自大地。旧时农村有大片大片的盐碱地，土壤贫瘠，寸草不生。土地表层有一层松软的盐土，农人将之用铲子刮了，放到一个专门砌成的盐池里用清水反复浸泡导引，流出的盐水经太阳晒或用大锅煮，白色的晶体盐就产生了。这个过程被称为"淋小盐"。而今这些早已尘封于泛黄的记忆中了。但是，盐依然是大地慷慨的馈赠。

五味是大地的滋味，也是人生的滋味，"五味杂陈""百感交集"好像略有消极颓唐之意，其实在我看来是盈满，是丰厚，是自足，是上苍的赐予。人活一世，少了哪般滋味岂不是都觉乏味，都感寡淡？只是，甜了别沉溺，苦了别沉沦，酸了别倒牙，辣了别放任，咸了别过度，要以他味来填充，来调和，来平衡。苏东坡尝云"人间有味是清欢"，善于知味于口深味于心，才会不负大地，不负人生。

像鸟儿一样

◎莫小米

寒鸦，黑灰色，眼似珍珠，嘴小且短。爱群栖，常结成喧闹的一群，它们在相互说些什么？有意义吗？

它们在林子里栖息了一夜，天微明，即将启程。一群鸟中，身形有大有小，有的很饿，有的不太饿，有的想立刻走，有的还想再眯一会儿，它们通过发出叫声来"表决"，决定是否起飞。通常在聒噪一阵后同时腾空而起。研究发现，寒鸦飞起的时间与叫声密集程度相关。一只寒鸦发出叫声，即表示愿意起飞。当整群寒鸦发出的叫声达到一定音量或越来越强时，它们就会一起飞起，少数服从多数。一同起飞，更容易获得食物，不易受到猛禽的攻击，尤其有益于幼鸟成长。

澳大利亚的凤头鹦鹉会翻垃圾桶。那些安放在户外的垃圾桶近一米高，盖子大而厚重，但见小小的鹦鹉，使用全身最有力气的喙，将桶盖撬起一道缝隙，接着扭动脖子，溜到垃圾桶侧，嘴爪并用，将盖子掀起，然后迫不及待地享用起美食来，三明治、腊肠、水果……应有尽有。

令人们头痛的是，它们肆无忌惮地翻翻捡捡，把周边的环境弄得一团糟。不知它们是如何交流的，很多鹦鹉都学会了这项技能。于是有人在垃圾桶盖子上压重物，但随即拍到一只鹦鹉，站在桶盖上，用嘴顶着大石头，起先似乎推不动，它稍稍调整了角度，一个用力就把石头推了下去。

再看高智商的喜鹊。科学家为了追踪它们的飞行轨迹，将跟踪设备安装在经过特训的5只喜鹊身上，这种背带式追踪装置，重量不到一克，十分结实，需要用磁铁或高质量的剪刀才能取下来。

然而科学家们惊讶地发现，在最后一个追踪器被安装完成的10分钟内，一只成年雌性喜鹊就用自己的喙，将群体中较小一只的背带取了下来；几小时后，大部分追踪器被拆得七零八落；等到第三天，安装在喜鹊身上的追踪装置全部消失不见。追踪与反追踪，喜鹊完胜，胜在它们互帮互助，悟出利他即利己的道理。

聪明的鸟儿会思索、擅学习、相互帮助、彼此征询，以求群体平安，像人一样。

够聪明的人，也希望像鸟儿一样，目视前方，不羁飞翔。

"自卑"是个好词儿

◎叶倾城

我在长沙工作时常常无事过江,逛逛湖南师大,爬爬岳麓山。有一次,无意中看到山脚下的操场旁有个四四方方的小屋子,白墙黑瓦,孤立一隅,看不出来历,走近一看,匾额上简简单单写着三个字:自卑亭。

这名字起得好生奇怪。回头搜了一下,自卑亭建于1687年,"自卑"二字取自《礼记·中庸》中的"君子之道,辟如行远必自迩,辟如登高必自卑"。要去远方,先得知道自己的狭隘;要登高,先得明白自己的卑微。原来"自卑亭"有这个意思。

这是一个张扬个性的时代。关于教育,所有人说的都是"尊重孩子,给孩子自信"。有自信的人,高视阔步,声音响亮,与人握手的姿势都显得格外有力。一时间,自信是最佳美德,自信的反面自卑则成了最坏的词。

但生活中,过分自信的人其实一样可厌。家庭聚会吃个饭,一定有人要对后辈的学业、感情指手画脚,自信满满,俨然以人生导师自居;这样的人在短视频里更多,永远斗志昂扬,第一时间对各种新闻事件发表评论,全然不顾新闻事件的真相……

好像是,不管能不能,都得先说"我能";不管是否觉得自己棒,都得拍着胸脯大喊"我好棒"。有了这样的自信,才能拿下不能胜任的工作,赚到超出预想的钱。"大忽悠"们要让众人相信他的说辞,而他自己,是早就信了的——这世上,除了自己,他还能信谁,会信谁?

为什么不能坦然地做一个自卑的人?电影《国王的演讲》以乔治六世为原型,乔治六世向来怯懦、口吃,当战争袭来,他要在全国人民面前发表演说。这像一项不可能完成的任务,要不要找一位"洗脑大师"来鼓励他"你要有信心"?不,他找的是语言矫正师。国王知道自己的劣势,便从短板下手:运动、加强呼吸、练绕口令……机械训练容易而心魔难克,他百折不挠:发声、感觉、跳跃、放松……多么艰难,于别人而言是小小斜坡,于他而言是崇山峻岭。但就因为身在低处,才一定要往高处去。

经由自卑,克服自卑,最终拥有真实的自傲,好过莫名其妙、不知所谓的自信。就好像,自卑亭在岳麓山的脚下,是开始攀爬的第一步。

自卑,其实是个好词儿。

美与同情

◎丰子恺

有一个儿童,他走进我的房间里,便给我整理东西。他看见我的挂表的面合覆在桌子上,给我翻转来。看见我的茶杯放在茶壶的环子后面,给我移到口子前面来。看见我床底下的鞋子一顺一倒,给我掉转来;看见我壁上的立幅的绳子拖出在前面,搬了凳子,给我藏到后面去。我谢他:"哥儿,你这样勤勉地给我收拾!"

他回答我说:"不是,因为我看了那种样了,心情很不安适。"是的,他曾说:"挂表的面合覆在桌子上,看它何等气闷!""茶杯躲在它母亲的背后,教它怎样吃奶奶?""鞋子一顺一倒,教它们怎样谈话?""立幅的辫子拖在前面,像一个鸦片鬼。"我实在钦佩这哥儿的同情心的丰富。从此我也着实留意于东西的位置,体谅东西的安适了。

它们的位置安适,我们看了心情也安适。于是我恍然悟到,这就是美的心境,就是文学描写中常用的手法,就是绘画构图上所经营的问题。这都是同情心的发展。

怒绿

◎ 刘心武

> 那绿，是一种非同一般的绿，倘若非要对之命名，只能称作怒绿！是的，怒绿！那绿令我景仰。

那绿令我震惊。那是护城河边一株人腿般粗的国槐，因为开往附近建筑工地的一辆吊车行驶不当，将其从分杈处撞断。我每天散步总要经过它身边，它被撞是在冬末，我恰巧远远目睹了那惊心动魄的一幕。那一天很冷，我走拢时，看见从那被撞断处渗出的汁液，泪水一般，但没等往下流淌，便冻结在树皮上，令我心悸气闷。我想它一定活不成了。但绿化队后来并没有挖走它的残株。开春后，周围的树都再度先后放绿，它仍默然枯立。谁知暮春的一天，我忽然发现，它竟从那残株上，蹿出了几根绿枝，令人惊喜。过几天再去看望，呀，它蹿出了更多的新枝，那些新枝和下面的株桩在比例上很不协调，似乎等不及慢慢舒展，所以奋力上扬，细细的，挺挺的，尖端恨不能穿云摩天，两边滋长出柔嫩的羽状叶片……到初夏，它的顶枝所达到的高度，几乎与头年丰茂的树冠齐平，我围绕着它望来望去，只觉得心灵在充电。

后来我有机会到国外的各种美术馆参观，发现从古至今，不同民族的艺术家，都曾以各种风格创作过断株重蹿新枝新芽的作品。这令我坚信，尽管各民族、各宗教、各文化之间存在着若干难以共约的观念，但整个人类，在某些基本的情感、思考与诉求上，是心心相通的。

最近常亲近丰子恺的漫画，其中有一幅作于1938年的，题有四句诗的素墨画："大树被斩伐，生机并不绝。春来怒抽条，气象何蓬勃。"这画尺寸极小，所用材料极简单，构图更不复杂，却是我看过的那么多同类题材中，最有神韵、最令我浮想联翩的一幅。是啊！不管是狂风暴雨那样的天灾，还是吊车撞击那类的人祸，受到重创的残株却"春来怒抽条"，再现蓬勃的气象，宣谕超越邪恶灾难的善美生命那不可轻易战胜的内在力量；丰子恺那诗中的"怒"字，以及他那墨绘枝条中所体现出的"怒"感，都仿佛画龙点睛，使我原本已经相当丰厚的思绪，倏地提升到了一个新的高度。

今天散步时，再去瞻仰护城河边那株奋力复苏的槐树，我的眼睛一亮，除了它原有的那些打动我的因素，我发现它那些新枝新叶的绿色，仿佛是些可以独立提炼出来的存在，那绿，是一种非同一般的绿，倘若非要对之命名，只能称作怒绿！是的，怒绿！那绿令我景仰。

听树木生长的声音

◎迟子建

夏天了。我刚学会走路，趔趔趄趄的步态惹得院中的小动物围观。我每一次摔倒哭泣时，鸡则趁机啄我的鞋底。黄瓜、倭瓜和豆角浪漫地爬蔓时，大人们就把木杆插在垄台上，让它们张着嘴向上并且亲吻天光。傍晚的火烧云团团堆涌在西边天空时，家家户户的场院里摆上了木桌和方凳，人们坐下来围着桌子用木筷吃饭，谈论庄稼和天气。待到火烧云下去了，天色也昏暗了，蚊蚋蜂拥而来，人们就收了桌子，回屋子里睡觉去。人们在梦中见到秀木在微笑中歌唱，盛着茶的木碗里有珍珠在闪闪发光。

我看见了树，秋天的树。它们的叶子已经被风霜染成金红和鹅黄色。凋零的树叶四处飞舞着，有的去了水里，有的跑了一圈仍然回到树下，还有的落到了我的头顶，大概想与我枕着同一个枕头说梦话。我明白那木碗、梳子、桌椅、栅栏、摇篮等，均出自这一棵棵树的身上。树本来是把自己的沧桑隐藏在内心深处的，可我们为了利用它的花纹把它拦腰斩断，并且虚伪地数着它的年轮赞美它的无私。

我走在木桥上，看两岸的流水。我站在此岸，望着苍茫的彼岸，白雾使河水有了飞翔之感。朽了的木桥渐渐地幻化成藻类的植物，而流水依旧淙淙。我忆起了琴声，父亲生前拉出的琴声。小提琴的琴身是木质的，手风琴的琴键也是木质的，它们发出或者凄艳或者热烈的声音。木是多么温和呀，它与人合奏着岁月与心灵之音。

我们依赖着木器生长和休息，也依赖着它远行。火车道的枕木是它铺就的，在水上漂泊的船也是由它造就的。划着木船在河上行走，桨声清幽地掠过岸上的林带，我们看到树木葱郁地生长，夕照使其仿佛成为一座金碧辉煌的圣殿。它无可争议地成为人世间最迷人的风景。

人类伴随着木器走过了一个又一个时代。树木与人一样代代相传，所以木器时代会永远持续下去。我们把木椅放在碧绿的草地上，在阳光下小憩。我们坐在书房里把一本书从木质书架上取下来，读不朽的诗句。我们把最经典的画镶嵌在木框里，使这画更接近自然和完美。我们用木勺喝汤，体味生活的那份简单和朴素。我们用木质吊灯照耀居室，使垂落的光明带着安详与和谐。你静静地听树木生长的声音吧。

> "人类伴随着木器走过了一个又一个时代。树木与人一样代代相传，所以木器时代会永远持续下去。"

出门一会儿，桂花就开了

◎王太生

> 仅仅是出门一会儿，来回之间，桂花就开了，惊喜就来到了，我们一不留神，美妙的事情就发生了。

我家院子里有一棵桂花树，每年秋天都要开好多桂花。一开始，香味细细的，但很快就飘散了，撑满院子，然后溢出围墙，飘到外面的小街，香得纯粹，香得通透。今年桂花开得迟，我天天等它开花，它偏不开。天渐渐凉下来，想不到，有一天，我才出门一会儿，桂花就开了。

一个"就"字，有竟然、让人想不到、意外的意思。我出门买菜，不在家，桂花就开了，是树想给主人一个惊喜吧？一会儿，时间不短也不长。出门的我，有可能正坐在路边抱膝看街景，有可能正被俗事纷扰，琐事纠缠，杂事耽搁，总之，花开的美妙一刻，就这样错过了。

错过桂花初放的刹那芳华，未能抢先嗅得第一缕馨香，有点遗憾，但这仍是一种美妙的际遇。人与季节的相遇，是在花香流动、草木氤氲的日子里。

桂花，清可绝尘，浓能远溢。清，是清纯、清澈、通透；溢，是按捺不住，似有喜悦要告诉别人。

想起有一年秋天，外出工作，回来时，晚桂也已经开过，觉得有些惋惜。日子过得太仓促、太潦草，好像丢失了什么。

我喜欢在桂花初绽时欣赏树和花，就像站在时间的小道上迎候一位老友，仅是一件小小的事打岔，我没能接到，老友已经抵达，心中定会生出些许遗憾。有遗憾，更添念想。

淡黄的小花，悄然萌动，主人没有发现，外出了，等回到家，推开木门，看到花开，就像看到久违的亲友来访，已经在舍中堂屋坐下，原来你出门时，木扉虚掩。于是，相见甚欢，菜正好现做，茶先奉上。

在我们这座小城，老城人家的深宅大院里长着许多桂花树，正是"万点黄金，幽香闻十里"。树是有灵性的，也是随性自在的，它想什么时候开花，就开了，不容多想，不等什么人，也不需要谁的喝彩。花，是为自己开的。

错过花开的刹那，其实不遗憾。等一树桂花开，举止和神态是古典的，是一种闲情雅致，等待的过程亦很美好。

与花为伴，是热爱生活的表现。生活是如此奇妙，仅仅是出门一会儿，来回之间，桂花就开了，惊喜就来到了，我们一不留神，美妙的事情就发生了。

树冠所经历的风雨

◎ 孙道荣

树冠这张脸，也与我们人脸一样，饱经沧桑。

风每天抽打它。微风吹拂它，如爱人的小手；大风撕扯它，如失恋人的拳掌；狂风蹂躏它，如狂躁暴怒的情敌。树让我们看见风的存在。

雨也抽打它。雨是树冠喜欢的客人，总是带着礼物来，给树以滋润。但雨是个坏性子，想来就来，说走就走，常做不速之客。有时候是毛毛雨，温顺得不得了；有时候又借着风威，"噼里啪啦"地打树冠的脸。

阳光炙烤它。阳光算得上树冠的兄弟，有手足情。但阳光的脾气不好，你需要它的时候，偏软绵绵，苍白无力；你已经成"热狗"了，它却热情似火。我们在树荫下纳凉的时候，不会想到，头顶的树冠也如芒在背。

你看看，一张树冠，经风吹，历日晒，遭雨淋，能不沧桑吗？但这并非树冠的一生，所历经的所有苦难。我在新西兰的西海岸，看到一片树林，所有的树冠，都是倒向东北侧的，远远看去，如一群埋伏待冲锋的士兵。以我的常识，一棵树的树冠，南侧向阳的枝叶应该更茂盛，何以这片树林，树叶反而都集中在东北侧？当地的朋友告诉我，这里常年只刮西南风。风从大海而来，呼呼地爬上岸，向东北狂奔，一路之上，所遇之物，无不向东北而卧，以躲避风的锋芒。如我们逆风倒着行走，做出弓状。大风之后，旗帜回到了原来的位置，行人站直了身姿，而那些一次次被大风碾压的树冠，却再也回不到原来的样子，每次它们刚想站直，紧随而至的西南风，又将它们的头颅扳向东北，连回望一眼，都成为奢望。

我们小区门口，有一棵树龄上百年的香樟树，树冠如华盖，每次回家，远远看到它，就知道那是我们的小区，就像小时候生活在农村，村口那棵巨大的老槐树，也是我们村的标识一样。小区里的孩子，都喜欢在香樟树下玩耍，年长的人则在树下纳凉闲聊。后来道路拓展，这棵香樟树不得不移植到小区里。香樟树的树冠，整个被锯掉了。它被移植到了小区的一个角落，幸运的是，它活过来了，在第二年的春天，如期冒出嫩芽。我期待它再次华盖如初，庇护我们这些住在它身边的人。

> "树冠这张脸，也与我们人脸一样，饱经沧桑。"

伊犁的那些金

◎乔 叶

> 这些零碎的文字,是我从伊犁蹭来的金屑,回献给伊犁,不成敬意。

这个秋天,终于来到伊犁。对于伊犁是什么印象?两个字:金的。

走出机场,正值太阳西下,当余晖洒在一块又一块的田野上,深墨的树林和不知名的翠绿铺陈着,这情形仿佛某个画家随手涂抹的印象派作品。在飞机上俯瞰是一团团的稻田金,此时变成了一针针、一棵棵。这些金摇曳在每一株稻子身上,是毛茸茸、鲜嫩嫩的金色,是骄傲的,也是沉着的、纯粹的金色。

这里的食物也是金色的。馕,是金色的。刚出炉的馕,我可以吃一整个,左手拿着吃,右手忙着接掉落的芝麻粒,既狼狈又幸福。还有烤包子,金色的火焰熏烤着它们,一排排的、白色的面皮上开出了一朵朵匀称的焦黄。还有金色的抓饭,胡萝卜、白米饭、羊肉块、皮牙子……都不是金色的,但凑到一起,就有一种金灿灿的效果。那个下午,和两个朋友去逛大巴扎,还看到了金色的红薯。那么朴拙的红薯,撕开了皮,便露出了金色的内里。当然,还有卡瓦斯,它当然也是金色的。无论是玉米粉、玉米花还是炒麦茶制作的卡瓦斯,统统都是金色的。作为一个地道的吃货,我爱这里所有的食物。

那天下午,在夕阳下,我步行在伊犁河大桥上,一步步走近了伊犁河。走近伊犁河才知道,它也是金色的。在我的右侧,河面上是宁静的灰蓝。在我的左侧,逆光看去,河面上金光烁烁。以桥为界,以我为界,左侧和右侧似乎不是同一条河流。但我知道,这就是同一条河流。作为一个虽然不智但是乐水的人,我爱这条河流。

返程那天,天有些阴,飞机从伊宁起飞。一路上,群山连绵,雪峰矗立,一座座干净得要命,那么安详、宁静、沉寂、端庄、圣洁,让人不知道怎么形容才好。突然,太阳出来了。阳光照耀到的所有白色,都更白了,不,不是白,而是比白亮了几分,不过,也不是黄澄澄的金色。或许用这个名词更为恰当:白金。是的,是白金。我爱这白金一样的山。

这些零碎的文字,是我从伊犁蹭来的金屑,回献给伊犁,不成敬意。

一首诗成就一座楼

◎ 王立群

黄鹤楼在长江边上，始建于三国时期吴黄武二年（公元223年）。当时该楼是一座"军事楼"，主要承担瞭望、守戍的功能。

晋灭东吴以后，三国鼎立的局面结束，国家一统，黄鹤楼的军事价值不大了。黄鹤楼在失去其军事价值以后，逐步演变成为官商行旅用来登高望远的赏景楼。这个时候，黄鹤楼还不是特别知名。

唐代诗人崔颢游武昌，登临黄鹤楼，在此题下《黄鹤楼》七律一首。此诗第一句原本作"昔人已乘白云去"，这当是作者原版。现在通行的版本为"昔人已乘黄鹤去"，一经出现，点赞者无数，原版反而退出舞台。那么，"昔人已乘黄鹤去"好在哪儿？答案是"黄鹤三叠传天下"，前四句，三个"黄鹤"，前后紧连，一贯而下，朗朗上口，脍炙人口。

崔颢运用景物，设置了两种人生愿望。一种是长生久视，得道升仙，以黄鹤楼为喻。关于黄鹤楼有一传说，仙人王子安驾鹤至此，三国费祎在此乘鹤登仙。另一种则是顺应自然，安适性情，自然生长的汉阳树、芳草繁茂的鹦鹉洲，都是寄托对象，隐喻诗人要像草木一样萋萋生长、自生自灭。

但是此两种愿望，皆被否定。"日暮乡关何处是"，家乡在哪里？人生的归处何在呢？不禁让人心生忧愁。人生归宿，这是个终极问题，也是个大问题。诗人没有回答，也无法回答，但正是这一问，问出了千古忧思之核；正是这一愁，引发了千古忧思之叹。

崔颢《黄鹤楼》，有哲思，有情思，有名楼，有景物，有画面，有意境，有乐感，有章法，故一经写出，便迅速流传，亦能千古传诵。元人辛文房《唐才子传》卷一记李白登黄鹤楼时，诗兴大发，本欲赋诗，因见崔颢此作，暗自佩服，为之敛手，很无奈地说："眼前有景道不得，崔颢题诗在上头。"

诗歌名气大了，黄鹤楼的名气就更大了。楼因人名，人以诗名，归根结底，还是文化。一座楼要想成为名楼，一定要有名作。有名作就意味着有文化、历史。文化是整个民族的基因，是所有天下景观的核心要素。江南三大名楼——滕王阁、岳阳楼、黄鹤楼莫不如此。一个没有文化的景点，称不上名胜，因为它是没有灵魂的。

> 一个没有文化的景点，称不上名胜，因为它是没有灵魂的。

这一刻，我是寂静的

◎余秀华

> 星空一直在那里，是我们自己遮住了自己的眼睛。

火车突然停了下来，在一个陌生的小站。小站外面就是陡峭的山沟，如果谁在路边一个恍惚掉下去，准没命：我们眼里的风景，哪一处不隐藏着危险？想想我们的人生也是如此，看起来四平八稳的日子，不知道哪天就一声惊雷响起。就在这个时候，我突然看见挂在天上的一片星星。那么大，那么亮。它们的光把黑漆漆的天空映蓝了，黑里的蓝，黑上面的蓝，我的心猛地颤抖起来，像被没有预计的爱情突然封住了嘴巴：在我们横店村，也是可以看见星星的，在我家阳台上就能看见它们，但是我已经许久没有在阳台上看星星了。一个个夜晚，我耽搁于手机里的花边新闻，耽搁于对文字的自我围困，也耽搁于对一些不可得的感情的纠缠……已经很久没有看星星了。

但是此刻，在这崇山峻岭之间，在这与家乡阻隔了千山万水的火车上，我欣喜地看到这么多、这么亮的星星。我几乎感觉到星光的流动，它们互相交汇又默默无言。我在这些不知道名字的星星的映照下，几乎屏住了呼吸——我的一次呼吸就像一次破坏，如果这个时候我说一句话，那几乎是不可思议的事情，也幸亏身边没有可以说话的人。

这一刻，我是寂静的，身边的人变得无关紧要：我不在乎他们怎样看我，也不在意我脸上的表情是不是让他们觉得奇怪——这些，仿佛成了一个生命体系中最可以忽视的东西，但是我曾经那么在意。这星空，这大山，把一列火车丢在这里，如此随意。火车上，即使顶着光环的人，也同样被遮蔽在大自然的雄伟里。想想，不出几十年，这些人，包括我，将无一例外地化为尘土，但是大山还在，从大山上看到的星空还在。想到这里，我感到喜悦，一种永恒的感觉模模糊糊地爬遍全身。而我，我受过的委屈，我正在承受的虚无，也化为一粒尘土。我们向往荣誉、名利、爱情，这些都是枷锁，是我们自愿戴上的枷锁，也是我们和生活交换一点温暖的条件，是我们在必然的失去之前的游戏。

火车停的时间不长，但是望星空已经足够了。能看到这样的星空，真好！当然，星空一直在那里，是我们自己遮住了自己的眼睛。

雨的灵巧之手

◎ 鲍尔吉·原野

雪是客人，安坐于地下枝上。它给麦子盖上一床棉被，甚至给宫殿前的小石狮子戴一顶棉毛帽子，雪到世间来串门儿。

而雨是世间的伙计，它们忙，它们比钟点工还忙，降落地面就忙着擦洗东西。雨有洁癖，雨在阴沉天气里挽起袖子擦一切东西。裂痕斑驳的榆树里藏着尘土，雨用灵巧的小手擦榆树的老皮，擦每一片树叶，包括树叶的锯齿，让榆树像刚生出来那样新鲜。不光一棵榆树，雨擦洗了所有的榆树。假如地球上长满了榆树，雨就累坏了，要下十二个月才能把所有的榆树洗成婴儿。

雨擦亮了泥土间的小石子。看，小石子也有花纹，青色的、像鸽子蛋似的小石子竟然有褐色的云纹。雨在擦拭花朵的时候，手格外轻。尽管如此，花朵脸上还是流下委屈的泪。花朵太娇嫩了，况且雨的手有点儿凉。

雨不偏私，土地上的每一种生灵都需要水分和清洁。谁也不知道在哪里长着一株草，它可能长在沟渠里，长在屋脊上，长在没人经过的废井里。雨走遍大地，找到每株草、每颗石子和沙粒，让它们沐浴并灌溉它们。

小鸟对雨水沉默着。虽然鸟的羽毛防水，但它们不愿在雨里飞翔，身子太沉。鸟看到雨滴从这片叶子上翻身滚到另一片叶子上，觉得很好笑。这么多树叶，你滚得过来吗？就在鸟儿打盹儿的时候，树叶都被洗干净了，纹路清晰。

雨可能惹祸了，它把落叶松落下的松针洗成了褐色，远看不知道这是什么东西。翠绿的松针不让雨洗，它们把雨水导到指尖，变成摇摇欲坠的雨滴。嫌雨多事的还有蜘蛛，它的网上挂满了雨的钻石，但没法果腹。蛛网用不着清扫，蜘蛛认为雨水没文化。

砖房的红砖像刚出炉一样新鲜，砖的孔眼里吸满了水。这间房子如果过一下秤，肯定比原来沉了。牛栏新鲜，被洗过的牛粪露出没消化的草叶子。雨不懂，牛粪也不用擦洗。

雨所做的最可爱的事情是清洗小河，雨降下的水珠还没来得及扩展就被河水冲走了。雨看到雨后的小河不清澈，执意去洗一洗河水，但河水像怕胳肢一样不让雨洗它的身体。河水按住雨的小手，把这些手按到水里，雨伸过来更多的手。灰白的空气里，雨伸过来密密麻麻的小手。

> 雨是世间的伙计，它们忙，它们比钟点工还忙，降落地面就忙着擦洗东西。

萤火一万年

◎迟子建

> 它在经过我眼前时骤然一亮，将我眸子里沉郁的阴影剥落了一层。

在张家界的一天夜里，我非常迫切地想独处一会儿。我朝一片茂密的丛林走去，待我发现已经摆脱了背后的灯火和人语时，一片星月下的竹林接纳了我。

眼前忽然锐利地一亮，一点儿光摇曳着从草丛中升起，从我眼前飞过。正在我迷惑不已时，又一点儿光从草丛中摇曳升起，依然活泼地从我眼前飞过。这便是萤火虫了。它在腹部末端藏有发光的器官。这种飞翔的光点使我看到旧时光在隐隐呈现。

它那颤颤飞动的光束不知怎的使我联想到古代仕女灿烂的白牙、亮丽的丝绸、中世纪沉凝的流水、戏院里的器乐、画舫的白绸，以及沙场上的刀光剑影。一切单纯、古典、经久不衰的物质都纷至沓来，我的心随之飘摇沉浮。

萤火虫的发光使它成为一种神奇的昆虫，它总是在黑夜到来时才出现，它同我一样不愿沉溺于阳光中。阳光下的我在庸碌的人群和尘土飞扬的街市上疲于奔命，而萤火虫则伏在安闲的碧草中沉睡。它是彻头彻尾的平静，而我只在它发光时才消除烦躁，获得真正的自由。

月光下萤火虫的光束毕竟是微不足道的，能够完全照亮竹林的还得是月光。然而，萤火虫却在飞翔时把与它擦身而过的一片竹叶映得无与伦比地翠绿，这是月光所不能为的。萤火虫也在飞过溪涧的一刻，将岩石上的一滴水染得泛出珍珠般的光泽，这也是月光所不能为的。

萤火虫忽明忽灭地在我眼前飞来飞去，我确信它体内蓄积着亿万年以前的光明。多少人一代一代地去了，而萤火虫却永不泯灭。

我坐在竹林里，坐在月光飞舞、萤火萦绕的竹林里，没有了人语，没有了房屋的灯火，看不见炊烟，只是听着溪流，感受着露水在叶脉上滑动，这样亲切的夜晚是多么让人留恋。

可我还是朝着有人语和灯火的地方返回了。那种亘古长存的萤火在一瞬间照亮了我的青春。我将要走出竹林时，一只萤火虫忽然从草丛中飞起，迅疾地掠过我面前，它在经过我眼前时骤然一亮，将我眸子里沉郁的阴影剥落了一层。

幽幽七里香

◎丁立梅

三层小楼，粉墙黛瓦，阅览室设在二层。这是当年我念大学时学校的阅览室。对于像我这样痴迷读书而又无钱买书的穷学生来说，这间免费开放的阅览室，无疑是上帝赐予的一座宝藏。在那里，我如饥似渴，阅读了大量的中外文学书籍。

其实那时，我心卑微。我来自贫困的乡下，无家世可炫耀，又不貌美，穿衣简朴，囊中时常羞涩。在一群光华灼灼的城里同学跟前，我觉得自己真是既渺小又丑陋。

是读书使我的内心慢慢地变得丰盈。那真是一段妙不可言的光阴。每日黄昏，一下课，我匆匆跑回宿舍，胡乱塞点食物当晚饭，就直奔阅览室。看管阅览室的管理员，是个三十多岁的年轻人，个高，肤黑，表情严肃。他一见我跑去，就把我看的《诗经》取出来，交到我手上，再把我的借书卡拿去，插到书架上。这一连串的动作，跟上了发条似的，机械连贯，滴水不漏。我起初还对他说声"谢谢"，但看他反应冷淡，后来，我连"谢谢"二字也免了，只管捧了书去读。

读着读着，我贪心了，想把它据为己有。无钱购买，我就采取了最笨的也是最原始的办法——抄写。常常抄着抄着，就忘了时间。

那些日子，我就那样沉浸在《诗经》里，忘了忧伤，忘了惆怅，忘了自卑。

很快，我要毕业了。我突然收到了一本《诗集传·楚辞章句》。扉页上写着：赠给丁小姐，一个爱读书的好姑娘。下面没有落款。

我不知道是谁寄的，我猜过是阅览室那个年轻的管理员。我再去借书，探询似的看他，他却毫无异常，仍是一副冷冰冰的样子，表情严肃。窗外的七里香，兀自幽幽地吐着芬芳。

我最终没有相问。这份特殊的礼物，被我带回了故乡。后来，又随我进城，摆到了我的办公桌上。我结婚后，数次搬家，东迁西走，丢了很多东西，但它一直被我珍藏。每当我的目光抚过它时，心中总有一丝细微的温暖。我知道，这世界哪怕再叫人失望，总有一种叫美好的东西，在暗地里生长。

> "这世界哪怕再叫人失望，总有一种叫美好的东西，在暗地里生长。"

迟来的雪

◎鲁先圣

> 雪的壮观，雪的景色，都是在漫无边际的旷野里。

一个冬天都没下一场雪。大家想，也许，这个冬天就没有雪了。但是，在马年刚刚开始行程的第六天，农历的初六，雪静悄悄地飘然而至了。

第一场雪都是这个样子的。开始的时候，人们以万分的惊喜欢迎它。多半年没有见到它的身影了，人们像期待着一个老朋友一样盼望着与它重逢。但是，它总是像捉迷藏似的，很羞赧地躲藏在云层的后面，躲藏在树梢的上面。可是，不经意间，它又铺天盖地而来，飘飘洒洒，迅速弥漫在天地之间。

雪悄悄地下了一整夜，早晨醒来推开窗子，窗子上、树上，到处是厚厚的积雪。我即刻叫醒妻儿，赶快下楼去赏雪。可是我又想，楼下这样一点儿空间，哪里有天地弥漫的雪景啊，雪的壮观，雪的景色，都是在漫无边际的旷野里。

没有任何异议，三口人决定开车去城南的旷野，去山坡下，去湖边。过了外环路，就是漫无边际的旷野了。我们全然没有了刚刚下楼时的畏缩，眼前白雪皑皑的万千景色，让我们迅速丢掉了所有的矫饰和矜持，冲出车子，在那白色闪光的雪地上来回地奔跑起来。路边、山坡上的树和冬青，都变成一个个蘑菇或雪人。我欣赏着远山那洁白的妩媚，妻儿打起了雪仗，旷野的上空不时传来他们激动的呐喊。

然后，我们去湖边，沿着湖岸的公路前行，慢慢欣赏着这里的宁静。在这样的雪天，是一定要看看宁静的湖水的。当四周的山峦都被大雪覆盖，湖水却比往日更加澄澈。这样的时刻，它俨然是一位思考着的哲学家。

整整一个上午，我们完全陶醉在银白色的旷野里。当我们返回的时候，街道上的积雪已经被打扫干净，城市里的雪景总是短暂的。

但是，对于我来说，每年的第一场雪，都是一件大事，是一个充满魅力和惊奇的事件。你在平常的世界里进入梦乡，可是，当你醒来的时候，你却处在完全不同的另一个世界里，这样的神奇能不让人感到万分震撼吗？而且，这一切都不是在轰轰烈烈中完成的，而是在我们熟睡的时候，无声无息地，一点一点慢慢飘落下来。想到这些，你能够不相信造化的神奇，不折服大自然的鬼斧神工吗？

火候

◎蒋勋

我看过母亲烧冬瓜盅。母亲的冬瓜盅用鸡汤煨冬菇、木耳、松菌、扁尖，加一点泡软的干贝、火腿片、干鱿鱼丝。吃的时候，一勺一勺舀在碗里，清爽素净，余韵很长。

后来有机会吃到大餐厅的冬瓜盅，但加了太多鲍鱼、花胶、蹄筋，材料昂贵，缺失了冬瓜的清淡，总觉得遗憾。

素净，并不容易。也许，素净是守一种本分，不贪不妄想，也就素净了。

料理用火，讲究火候。蒸、煮、煎、熬、炖、烙、烤、煨、炸、炊、煸、炒、焖、氽烫，都是火候。火候是对火的体会，大小快慢，都有分寸。

母亲经历的火的使用，像一部火的历史。她在战乱里，看过炮火，看过硝烟，也许可以体会到在生活中静静看着一圈炉火的幸福满足吧。

她做饭做菜，用过木柴燃火，用过炭，用过煤球，用过瓦斯，用过电，用过磁波……

每一种燃料的炉具，都有各自的特色，做出的饭菜也有不同。炉火慢"煨"、细"炖"，"煎"或者"熬"，都是功夫，拿捏火候，是做菜，也是人生。

现代人多不懂"煨"的慢火温度，也难体会人与人的"依偎"，慢热，却长久。懂得"煨"，懂得"焖"，都需要耐心与时间。

对火没有耐心，也难理解生命中"煎""熬"的隐忍。我的童年，用火，需要时间；用水，也需要时间。到溪流边取水，到井边汲水，回来把水烧开，需要的时间也很长。

现在在家里打开水龙头，过滤的饮用水、热水立刻就有。用水这样方便，自然没有"神迹"的感动，也不需要感谢。有水，理所当然；没有水，可能就谩骂抱怨。

应该庆幸，经历过物资匮乏的时代，有机会对此刻拥有的充满感谢。我也开始深刻反省，电冰箱、电视机、电脑、洗衣机、洗碗机、微波炉……看着这些家庭必备的电器，也会问自己：我可以少掉哪一件？都是"必备"的吗？

我需要回到朴素的生活原点，不是增多，而是减少。生活还可以减少什么？还至本处，也许应该回来守人的本分了。

> "我需要回到朴素的生活原点，不是增多，而是减少。生活还可以减少什么？"

心静下来，就闻到了香气

◎林清玄

> 保持静心，心静下来，就闻到了香气。

阳明山有一个白云山庄，在仰德大道旁，我下午的时候常常去。

白云山庄有自制的兰花茶，香气浓厚，滋味甘醇。点一杯兰花茶，从大片的落地玻璃窗俯视着因拥挤而相叠的城市，心情就会随着午后常来盘桓的苍鹰飞翔。

白云山庄的兰花茶好，是由于它盛产好的兰花。

兰花由于尊贵、美丽的气质，给人一种"贵气"的印象，人们常会误以为兰花是很贵的，其实不然，一盆兰花大约只有一束玫瑰的价钱，玫瑰花只有三四天的生命，兰花却可以在案头放一整个季节，凋谢了之后，隔年还会再开。

兰花园的主人是一位年过中年的妇人，是那种非常亲切非常欢喜的人，即使在五十米之外，她也会露出毫无矫饰的璀璨笑容。

也许是长期照养兰花的缘故，她就像一株优雅的香水文心兰，即使是冬天，香气也会弥漫在冷冽的空气中。

兰花园主人非常有礼谦和，每次见面，都使我想念起过世的妈妈。

她很爱兰花，这一点很像妈妈。她很有耐心，这一点也很像妈妈。"我喜欢有香气的兰花。"我说。

"没有香气的兰花就是比有香气的美一点，这是不能两全的。"她说，"有香气的兰花可以放在卧室，卧室需要香味。无香气的就摆在客厅，客厅需要气派。"

有一天黄昏，我陪怀着身孕的妻子上山喝兰花茶。

喝完茶，我们像往常一样去逛兰花园，园主依然以灿烂的微笑欢迎我们，说："辛苦你们了。"

她向我们介绍新开的几种有香气的兰花，她一边说，我一边仔细地嗅闻空气，却什么香气也闻不到。

"好像什么香气也闻不到。"我说。

她笑着说："心静下来，就闻到了香气。兰花的香，不是用鼻子闻的。"

善解人意的妻子用力握了握我的手。

我收回鼻子，收摄心神，空气中的香味仿佛立刻苏醒。原来，兰花香虽然飘浮于空中，点燃香气的火柴，名字叫"静心"。

保持静心，心静下来，就闻到了香气。

白桦树的眼睛

◎华明玥

秋天的白桦林是最美的。

树叶正黄,阳光一照,如金箔一般绚烂。笔直又洁白的树干,搭配黄绿相间的叶片,极为赏心悦目。

仔细看,树干上长着无数睥睨的、凝望的、若有所思的眼睛。有的眼睛很大,很犀利,像森林中的哨兵。有的眼睛稍微眯起,好像悠然自得地听曲,进入了冥想境界。有的眼睛,上眼皮上簇拥着长长的睫毛,充满少女的纯真烂漫气质。有的又似乎在卧蚕上画出了浓重眼影,属于迪斯科女郎。有的眼睛瞳仁淡雅,多半属于躬耕自给的农夫。有的眼睛微微凸出的黑色瞳孔里,分明有隐隐约约的同心圆,在阳光下释放力量,属于演员与舞蹈家。

树林里一下子冒出这么多形色各异的眼睛,一开始竟令人有些慌乱,有点不知所措。后来,我忽然醒悟,我来与不来,它们都这样年复一年地张开眼帘,成为树的表情。于是我放慢脚步,欣赏起白桦树上这些比超现实主义画作还要深奥、迷人的"眼睛"。它们静静地洞察人间百态,很容易从中读出酸甜苦辣、喜怒哀乐等诸多人生的情绪。

在植物学上,这些树干上的眼睛,是白桦树上气孔的衍生物。气孔是树干与外界进行气体交换的门户,同树叶上气孔的作用是一样的。在树干气孔群的下方,木栓形成层容易增生许多排列疏松的球形薄壁细胞,细胞间隙十分发达,称为"补充组织"。由于补充组织的不断增生,使其外面的表皮或木栓层胀破,形成唇形的裂口,并向外突出,就形成了近似椭圆的皮孔。这皮孔就是我们看到的树干上的"眼睛"。皮孔形成后,将代替微小气孔,成为树干上气体交换的"门户"。

北方的农人,会在白桦树的眼睛下面割上一个"V"形的口子,将小碟子一样的容器拴在口子的底部,白桦树汁就会涓涓地、缓慢地渗出;收集后饮用,有抗疲劳、止咳等药理作用;经过消毒提纯,还可以用作基础护肤的材料。例如做成精华水和面膜,有很好的保湿作用。

我看到,一位六七岁的小姑娘踮起脚尖,与一只孤独的"眼睛"对望,并温柔地抚摸"眼睛"上的睫毛。在那一刻,她读懂了一棵树,并与之建立了伙伴一样的情感。

> "它们静静地洞察人间百态,很容易从中读出酸甜苦辣、喜怒哀乐等诸多人生的情绪。"

只记花开不记年

◎积雪草

> 看花、闻香、不记年，过好每一天，只要愿意，什么时候都不晚。

我去公园遛弯，看见一位老人家坐在公园的长椅上晒太阳。别人问她："您老今年高寿了？"她笑，说："不记得了。年龄就是个数字，天天记在心上怪累的，空闲时还不如看看花。你看那棵树，年年夏天都开满一树的花，可香了。"

老人家鹤发童颜，眼睛里闪着笑意。我顺着她手指的方向看过去，不远处有一棵老槐树，枝干虬结，老皮沧桑，部分根已经裸露，想来也是上了年纪的。这时节，枝条光溜溜的，上面连一片叶子都没有，站在天地间，有一种凛然之气。

我想起一句诗，据说是清人袁枚的妹妹袁机所作："乌啼月落知多少，只记花开不记年。"袁枚的妹妹袁机一生多坎坷，少福泽，这首诗是她感怀身世之作，"只记花开不记年"是她悲凉人生底色中的一抹亮色。

前段时间搬家，家中的老古董都被翻了出来。翻看相册时，我看见年轻的自己，心中不由得触动了一下。鲜衣怒马，青葱岁月，倏忽而逝，甚至没来得及好好地咀嚼一下，就像一列绿皮火车，轰轰隆隆，一头扎进岁月深处。

每个人都走在通往老境的路上，年复一年，日复一日，走得义无反顾，没有别的选择。我们喜欢尘世的温暖，也害怕老之将至，这是人之常情。在轰轰烈烈老去的路上，有的人举手投降了，有的人却活得硬朗，掷地有声。木心先生说："岁月不饶人，我亦未曾饶过岁月。"一个人若不惧时间，不惧生死，那他必定是有丰厚的阅历做底色，也必定有强大的内心做支撑。

年龄就是个数字，人活到这份上，当真是将世间万事都放下了，世间万事都变成了无关紧要的事情。摩西奶奶在《人生永远没有太晚的开始》一书中写道："实际上，现在就是最好的时光。"看花、闻香、不记年，过好每一天，只要愿意，什么时候都不晚。

每个人都如草木一般，经过华年的青涩苍翠，经过盛年的葱茏葳蕤，然后情势急转直下，兜兜转转之中，枯了，败了，老了。与其掰着手指头刻意数着过日子，还不如与时间和解，与自己和解，不记流年，只记取生活中那些丰盈如花朵般的细节就好，得失淡然，枯荣勿念，活在当下。

草木有柔肠

◎傅菲

南方的溪涧边或水田边，有一种常见植物，叫伏生紫堇。

在四月，花迷离清丽，花瓣白紫，低低地招展。它有另一个让人哀伤的名字，叫夏天无。到了夏天，它便消亡了。

在乍暖还寒的春季，它完成了发芽、生长、开花、结果的生命过程。

夏天来了，它的地下茎块中空腐烂，以至于植株死亡。还有一种植物，在你结庐的地方随处可见。这个季节，也正是它开花的时候。

在凌晨，露水正盛，天空还荡漾着清水色，朝霞慢慢漫上来，它开出了月光一样纯白的花。太阳越烈，花也越盛。在废墟，在墙垣，在荒弃的菜园，它铺展出一个大花圃。太阳下山了，它便凋谢了。这就是旋花科植物夕颜。

万物追逐阳光，朝生夕死也在所不惜。如飞蛾奔向烈火。太阳花也是这样的。

它们至美，以至于我们忘记了它们生命的短暂，或花期的转瞬即逝。

无论曾经多绚烂，凋谢是必然的。

与植物为亲，醉心于细碎的日常，沉浸于阅读。山中一日长，人间一世短。这也是我向往的境界。我也常常一个人去山区，去广袤的田野。出发的地方，就是我们归去的地方。我秉承这个。

曾有一些时间，我痴迷于采集植物标本，学习辨认植物，可一边学习一边又忘记了。但我不为忘记而惋惜。这个过程给我愉悦。

一个人在山间或在河边，或在田畴，我觉得自己会慢慢变轻。我越来越喜欢植物，植物给我的愉悦感，不是其他物质可以替代的。

无论什么植物，出现在旷野，它出现在最适合出现的地方；无论它开花还是凋谢，无论它蓬勃充满生机还是枯死腐朽，都是它至美的时候。

地上没有一棵树是多余的，没有一棵草是多余的。草和树的生长从来不杂乱，雨露、风和阳光安排了它们最佳的生命姿势。在山中待久了，人不会面目可憎。

> 一个人在山间或在河边，或在田畴，我觉得自己会慢慢变轻。

声声叫着夏天

◎鲍安顺

> 夏虫的歌唱五花八门，像眨着眼睛的星星，像坠落天际的呼吸，像燎原之势的风情，像远离湖泊的哭泣。

一首《夏虫》的歌词写道：在夏天热情歌唱，在飞舞的季节渴望遇见另一个白色的灵魂，在灿烂的时刻与它热情相爱，然后相拥着一起死去……当花儿再次爬上了树丫，生命的故事在夏天歌唱。歌曲写的是夏虫，唱的也是夏虫，那与夏虫紧紧拥抱着的，却是情思，一种对生命落地生根的歌唱。

《童年》的歌词中有一句："知了在声声叫着夏天。"那知了是夏虫，叫着的夏天也是生龙活虎的——唱出了许多人的童年心声，唱得他们十分欢快，像田野上跳跃的小鹿，像林荫树梢间幸福欢快的黄鹂鸟，像知了鸣叫声中飞翔的梦。而歌词中还有一句："操场边的秋千上，只有蝴蝶停在上面。"写的是夏虫蝴蝶。这个时候，已经是考试以后，才知道该念的书都没有念，明白了一寸光阴一寸金，寸金难买寸光阴。整首歌词，写出了童年之趣，也写出了童年淡淡的忘情忧伤——迷迷糊糊的童年，总是盼望着长大的童年，在一天又一天的快乐中，也在一年又一年的梦想里。

少儿歌曲《萤火虫》的歌词，写道"萤火虫萤火虫慢慢飞，我的心我的心还在追，城市的灯光明灭闪耀，还有谁会记得你燃烧的光亮"。这首儿歌写得另类，似乎有了成人的目光，还有了成人心灵的眺望。"我是淘气的淘气的金龟子娃娃"，曾经唱红了一些娃娃的欢乐时光，并伴着许多人长大。那带着快乐能量出发，那追寻流星雨快跑的秘密，那接上天线要给它打的电话……无不充满童真的欢乐，荡漾烂漫无邪而又生龙活虎的情趣。

而另一首歌《蝗虫》，却恰恰相反，把一只害群之马般的蝗虫写得大义凛然："曾相信自己天生是条龙，有天会让世界风起云涌，穿过风雨翅膀如此沉重，最初的梦早已千疮百孔。"就是这样借蝗虫之壳，来抒发歌者置身城市没有找到出口，却在迷宫中苦泅的麻木与心痛，玩世不恭与两手空空，随波逐流地闯南北西东与在梦想荣光中行色匆匆。

我想，夏虫的歌唱五花八门，像眨着眼睛的星星，像坠落天际的呼吸，像燎原之势的风情，像远离湖泊的哭泣。它扇动银色的蝶翅，驮着我们回归永恒的时光。

一船渡古今

◎ 米丽宏

船，破水浮波，横渡江海，自古就带来了物质与财富，并拓宽了被陆地拘囿的狭隘思维。木船、桅杆与船桨，在时缓时急的水声中，激发着世间的诗情画意，随即化作文明的载体。

历代文人，因舟而赋，赋予其漂泊、离别、自由、隐逸等象征意义。有种说法认为，中国人的精神生活，栖于舟上。无数文人墨客，借舟行船，踏进了真实的山水人生。比如，杜甫曾感慨："闻道巴山里，春船正好行。"常建则坦言："时物堪独往，春帆宜别家。"刘长卿感悟："万里云海空，孤帆向何处。"南唐诗人李煜则留恋："千里江山寒色远，芦花深处泊孤舟。"家国悲欢、爱恨情仇，都曾在小小的木船里依次上演。

野舟横渡也好，扬帆起航也罢，各有意趣。居舟的浪漫风雅，孤舟的清绝孤寂，扁舟的隐逸自洽，虚舟的自在逍遥，又触碰到和而不同的人生哲学。船，经年累月，在水上漂浮，承载着中国人世代相传的思想脉络。

或大或小的船只，充盈着人们的情感世界。从王湾"潮平两岸阔，风正一帆悬"的扬帆远航，到李白"人生在世不称意，明朝散发弄扁舟"的失意牢骚；从柳宗元"孤舟蓑笠翁，独钓寒江雪"的清绝孤寒，到李清照"兴尽晚回舟，误入藕花深处"的浪漫天真……人们以舟言志、以舟抒情，帆波桨影，回旋在千百年的吟唱之间，早已穿越了诗词歌赋、迎来送往的世道人情，陡然上升到品味生存、感悟生命的深层境界。船，横渡古今，历经波折，以灵动、丰满的气象，开拓了人心，荡涤着胸怀。或许，唐诗宋词只是华丽的妆容，真正动人的，反倒是更理性、更深邃的哲学思想吧。

船，缓缓飘进不同时代的诗词歌赋与短笛长箫里，流水漫漫，桨声欸乃。想起南北穿梭的李太白，总有喝不完的酒；巴黎深巷的巴尔扎克，离不开浓香四溢的咖啡。一条船的桨声，总比几壶咖啡、几盅新酒，更能打动人心吧。

船，是诗，是书，是画，是音乐。它还是晨钟与暮鼓，既可参禅，又可悟道。它早已见证过人生浮沉，在历史的长河中穿越风雨，横渡古今。

> 家国悲欢、爱恨情仇，都曾在小小的木船里依次上演。

大地上的"星辰"

◎ 安 宁

> 每一片落叶,每一截枯木,每一颗松球,每一朵花瓣,每一棵被连根拔起的参天古木,都以死亡唤醒并滋养着新鲜的生。

还在前往长白山的路上,隔着车窗,我就嗅到了森林的气息。

你如果不曾抵达森林的深处,了解那里的草木如何度过它们的一生,又如何在死后以另外的形式继续活着,就永远无法真正地理解生与死。你会以为,生与死是两个互不相干的点,它们站在生命的两端遥遥相望,永不相接。

前往长白山之前,我在一片人工培育的丛林里,捡拾了一袋松果,打算将它们带走,摆在我的书房。护林员严厉地制止了我,让我除了记忆,不要带走这里的任何东西,甚至一片落叶,一片柳絮。我想不明白,试图与他争辩:这些松果落满了丛林,再也回不到枝头上,那么带走一些作为纪念,又有什么不可?护林员并没有给我解释,只是将墙上挂着的规章制度指给我看,但那些严肃的禁止条款,并没有给予我想要的"答案"。直到走进长白山,在一片因火山活动而沉入谷底的地下森林里,我第一次意识到,生死并无边界,就在人类无法踏足的地方,生死消泯了差异,完美地交融,犹如混沌的宇宙。

我走在幽静的山谷森林里,重新成为童年时好奇地聆听大地声响的孩子。我努力地去辨识紫萁、猴腿菜、山尖子、刺嫩芽、刺五加……它们安静地生长在高大松树的周围,不争不抢。就在丛林深处,行走着东北虎、乌苏里棕熊、野猪、驯鹿、猞猁、野狼、黑豹、水獭、斑羚等。如果与它们猝然相逢,我会因为惊惧而迅速地逃离。这片疆域归属于它们,我路过这里,却也必将被这片神秘莫测的森林拒之门外。

在一株曾经直插云霄的美人松倒下的地方,无数的苔藓、蕨菜、蘑菇、野草、花朵、树木,又在这残酷的死亡之上诞生,并以野性苍莽的力量,让生命之美肆意地流淌,蔓延。万物在被雷电击倒的树木上,以纤细柔弱的美,继续辽阔无边的生。每一片落叶,每一截枯木,每一颗松球,每一朵花瓣,每一棵被连根拔起的参天古木,都以死亡唤醒并滋养着新鲜的生。

千万年来,这片森林就这样沉寂在山谷之中,以荒蛮的力,阻挡着人类的入侵,并在万物的此消彼长中,成为让人类震撼的独特存在。

观鸟，不期而遇的惊喜

◎王小柔

周末在公园里经常能遇到组织的亲子观鸟活动。对孩子而言，学会安静等待、仔细观察、自主学习、热爱自然，大概就是观鸟活动的意义。一般这个时候，我举着望远镜，步伐缓慢、身形偷偷摸摸、弓腰驼背，这么"猥琐"是为了尽量不打扰鸟。

观鸟人跟拍鸟人最大的不同就是，摄影者在想尽办法离近，观鸟者想尽办法在远处观察。即便这样，我还是会被发现。比如我正守株待兔观察风吹草动，负责放哨的黑翅长脚鹬会在天上兜一圈，突然大叫着向我俯冲下来，跟谁扔过来的飞镖似的。我眼前一黑，它飞过去了，掉头再来一次。这鸟真不嫌累，我已经退到公路上了，它还追。大概懒得飞了，它一边迈着大长腿向我走来，一边鸣叫。我前面有条沟，平时轻松一跳就能过去，结果那天也轻松一跳，直接掉沟里了。而此时，我意识清醒，一只手高高举起望远镜！裤子整个撕开，腿上的皮也破了。回家查资料，才知道那段时间是这种鸟的育雏期。为母则刚——理解了。

我还每天拿着望远镜在小区里溜达。即使是一只再普通不过的鸟儿，都会定格在一个不寻常的时刻——当我们望向窗外时，那只偶然飞过的鸟儿，就是新世界打开的大门。我从家里看到过落在对面阳台上的红隼。猛禽特有的威武，给了我一天的喜悦。

候鸟有春迁和秋迁，也就是一年两个时候你都能在家门口跟它们相遇。有人会说自己所在的小区里只有麻雀。其实只要小区绿化环境还可以，都会成为迁徙候鸟的落脚点，你需要的是望远镜，仔细观察就能看到它们。它们停留的时间很短，有时候只有几天，再见又要等一年。

只要你注意观察，就会发现再普通不过的鸟儿也有可爱之处。公园湖里常见的绿头鸭，是我们现在食用的家鸭的祖先，飞行时能见到它们明亮而色彩丰富的宝蓝色翼镜。就连常见的麻雀，仔细观察，它们在逃跑时会采取垂直向上的飞行方式。

观鸟真正需要的，是观察事物的习惯和观察的欲望，不是具体的观鸟技巧。观鸟吧，保证你会获得不期而遇的惊喜。

> 只要你注意观察，就会发现再普通不过的鸟儿也有可爱之处。

储存时间的溶洞

◎梁 衡

> 都说水滴石穿，看看大自然有多么大的耐心啊，能穿出这么大的一个石洞。

贵州号称"世界溶洞博物馆"，其中最有名的是织金洞，那里兼有各种造型的钟乳石，千奇百怪，美不胜收。到织金洞，本是要做一次浪漫的赏美之旅，但走着走着就陷入了对时间的沉思。在贵州的织金洞里，我找到了过去的时间的痕迹。

在我身处的织金洞，已探明的有12公里长，上下4层，47个大厅，最高者150米，有50层楼房那么高。都说水滴石穿，看看大自然有多么大的耐心啊，能穿出这么大的一个石洞。

水穿成洞还不算完，它还要在洞里造石笋、石柱、石崖、石山。穿洞是用减法，洗去石头里的钙质；造石是用加法，水滴石上，留下一层薄薄的钙质，层层相加，要数万年才长几毫米。而眼前的钟乳石如山如峦，这要滴答多少年啊。有一根石柱只有合抱之粗，却有百米之高，一直顶到溶洞的天花板。这要是林中的一棵树，我们会去测算它的年轮，但现在只能推想它的"年层"，那是肉眼无法看到、显微镜无法捕捉，只能靠理论推算的"年层"。可以想见造石这项工程的难度：要千万年间洞顶的那个漏水点与地面垂直不变，石柱才不会歪斜；要千万年间头上的水量匀速下滴，石柱才粗细均匀；要千万年间没有地震等地壳变动，石柱才不会断裂……这是一场多么耗时、耗心，又多么精准的实验。神乎其技，伟哉自然！

我在溶洞里徜徉，讲解员在耳边说着钟乳石的美丽，我全然没有听进去，只想着在地球上还没有树木之前，怎么就像树一样地长起这些石柱？这时，路过一根石笋，只有齐腰之高，因为在路边，被游人摸得溜光。

眼前这个石笋讲解员说其已有40万年。记得历史课本上讲过70万~23万年前才有了北京猿人。石笋一节，从猿到人啊！想1000多年前温庭筠在月光下从容地咏着他的词，"柳丝长，春雨细，花外漏声迢递"，地球也在它自己的漏声中不紧不慢地走了过来。朱自清在他的散文《匆匆》里感叹时间的流逝："是有人偷了他们罢，那是谁？又藏在何处呢？是他们自己逃走了罢，现在又到了哪里呢？"原来，他们跑到地下，跑到了这个溶洞里。

古人说一寸光阴一寸金，难怪这洞名叫织金洞呢。

野蔓之誓

◎ 简 媜

蒲葵园子里，苍葱茏郁，虽没有参天之势，却有古木之叹。尤其黄昏的时候，隔着一条马路看傅园，那真是一座孤寂的丛林，时间与空间一起泛锈了的那种。

我时常在园子里闲走，一个人探索，把时间与空间遗弃。

我便发现一个深邃幽静的世界。然后，我发现所谓的情人树。原来树族之中也有爱欲生死。这不知道是造物者偶来一笔的试探，还是植树的人存心玩笑。将两棵不同生态、姿势、习惯的树苗植在一起，看看到底谁荣谁枯！植树的人如果看到这两株大树在时光中相吸相吮，相护相守，融为一体的合抱之姿，一定会自惭形秽。人类喜欢在花树草石鸟兽身上投射自己的影子，而当这些东西果真拟人化了，总是比人类更纯粹——这大约是苍苍者天无所不用心之处了。

我便时常去树下闲坐，翻书，读或不读，常常阳光把双双的叶片拓映在书页上，形成插图。我眷恋着树，任它们继续在有生之年合抱，我任自己想象，回到一个已遥远的年代，傍着一对执手相看的有情人坐着，在温润如玉的阳光中听他们讨论风涛。

再过去是少有人迹的草茵，上面叠着一波一波的水被，敢踏的人更少，因而，那棵枯死的蒲葵树便无人挽吊了。

可是，有一条细茎的蔓藤，却以三跪九叩的步子向蒲葵树爬去，它一身挂着铜币似的叶子向前匍匐，窸窸窣窣，全是心声。

这样一种对远逝灵魂的忠贞，令我感动。多少次，我特别注意它，看这藤子是不是真的想去缠绕蒲葵。而它从树根而树腹而树干，不曾在时光中反悔，也不曾在雨季里驻足，像节哀的妇者一路去寻魂，啊！"葛生蒙楚，蔹蔓于野。予美亡此，谁与？独处！"这不就是一首悼亡诗吗？千山万水，赶赴着去寻夫君的孤魂，不忍他独自在旷野里冷落！

这野蔓藤激励给我的，不是情绪，而是情操。

费了两年，藤子终于抵达蒲葵树的尽头，原本枯瘦鳞剥的树干已被缠绕得一身烟翠。只有细心的人在仰望的时候，才发现垂翼的蒲葵叶扇早已枯了，也才能了解，这生与死于空中的盟誓。

蒲葵树与野蔓藤之外，便是行人红砖路以及喧嚣的大马路，我不想谈它们。

> "费了两年，藤子终于抵达蒲葵树的尽头，原本枯瘦鳞剥的树干已被缠绕得一身烟翠。"

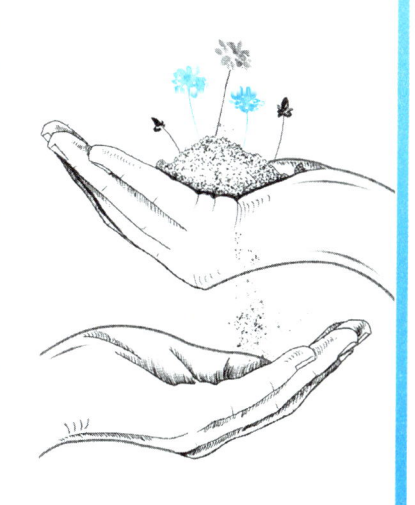

大地上的事情

◎苇 岸

> "雪也许是更大的一棵树上的果实,被一场世界之外的大风刮落。"

一

我观察过蚂蚁筑巢的三种方式。小型蚁筑巢,将湿润的土粒吐在巢口,垒成酒盅状、灶台状、坟冢状、城堡状或疏松的蜂房状,高耸在地面;中型蚁的巢口,土粒散得均匀美观,围成喇叭口或泉心的形状,仿佛大地上开放的一朵黑色的花;大型蚁筑巢像北方人的举止,随便、不拘小节,它们将颗粒远远地衔到什么地方,任意一丢,就像大步奔走撒种的农夫。

二

下雪时,我总想到夏天,因成熟而褪色的榆荚被风从树梢吹散。雪纷纷扬扬,给人间带来某种和谐感,这和谐感正来自纷纭之中。雪也许是更大的一棵树上的果实,被一场世界之外的大风刮落。它们漂泊到大地各处,它们携带的纯洁,不久即繁衍成春天动人的花朵。

三

写《自然与人生》的日本作家德富芦花,观察过落日。他记录太阳由衔山到全然沉入地表,需要三分钟。我观察过一次日出,日出比日落缓慢。观看日落,大有守侍圣哲临终之感;观看日出,则像等待伟大英雄辉煌地诞生。仿佛有什么阻力,太阳艰难地向上跃动,伸缩着挺进。太阳从露出一丝红线,到伸缩着跳上地表,用了约五分钟。

世界上的事物在速度上,衰落胜于崛起。

四

穿越田野的时候,我看到一只鹞子。它好像看到了什么,径直俯冲下来,但还未触及地面又迅疾飞起。我想象它看到一只野兔,因人类的扩张在平原上已近绝迹的野兔,梭罗在《瓦尔登湖》中预言过的野兔:"要是没有兔子和鹧鸪,一个田野还成什么田野呢?它们是简单的土生土长的动物,与大自然同色彩、同性质,和树叶、和土地是亲密的联盟。看到兔子和鹧鸪跑掉的时候,你不觉得它们是禽兽,它们是大自然的一部分,仿佛飒飒的木叶一样。不管发生怎么样的革命,兔子和鹧鸪一定可以永存,像土生土长的人一样。不能维持一只兔子的生活的田野一定是贫瘠无比的。"看到一只在田野上空徒劳盘旋的鹞子,我想起田野往昔的繁荣。

碗美

◎ 白音格力

有一段时间痴迷买碗。买那么多碗干什么？我也问自己，买来干什么呢？碗养我的人间烟火，也养我天真的念头。一碗粥是日常，一碗花让我觉得人生不平常。

我的文字里有一些被人称作奇妙的联想。那篇《我的早餐是一碗花》，受到很多追捧，也成了很多人精神上的早餐。

有人问我是怎么构思出来的，还有人问我是否不是人间人。其实很简单，只是欢喜。

早晨总会有三五分钟，在窗前侍弄花草，所以我与花草结了缘，朝夕相处，温柔相待。加之喜欢用朴素的碗拾花酿春，自然我就有了这样妙不可言的一碗早餐了。

我自然是人间人，极普通平常的人，若说有那么一点点不同，也许就是，我对一只碗，都可以长时间地浮想联翩，且以深情以温柔，将一只再平常不过的碗注入了生命。

如此，碗里会浮出月色，会盛放迷路的诗行，会长出光阴的韵脚，都是再寻常不过的事了。

所以，我会觉得，碗很美。

即使是普通的一只碗，想想那些英雄年代里的英雄，执剑走天涯，在一面猎猎的酒旗下，大碗喝酒，那碗虽粗糙，却盛满英雄气。

想想那些在日常里，素手煮汤的朴素人，数点绿几缕红，清清淡淡，又滋味绵长，盛于一素净碗中。碗沿也许有一朵荷，或梅，或一小丛细兰，她在热腾腾的香氛里，深情看你。那碗，素朴，却有温度。

在我的书架上，或花案边，甚至窗口，座椅旁，时时都能见到一只只碗，大小不一，花色各异。

春天时，碗里多盛的是花朵或花瓣，有折来的花，但不多，多是春深时花树下拾来的。冬天大雪天气时，会开窗接雪，一只碗里慢慢覆盖成一座小雪山，拿回屋后，化成雪水，然后一碗碗浇花。

我能想到的最安宁的生活就是，每天做些细小的事，比如开窗、打扫、读书、浇花。如此，在一碗烟火里，便能自在圆足，生无限的乐趣。能赏得一碗之美，能安于一碗之烟火，我想人生就该圆满了一些，温润了一些。再于世间行走，浮云吹雪，世味煮茶，知足，平和，无忧，自乐。

> 能赏得一碗之美，能安于一碗之烟火，我想人生就该圆满了一些，温润了一些。

夜晚是个村庄

◎草子

> 人一失眠，只觉得夜晚静得像个大村庄，静到车辚蛙鸣都像在耳边发生一样。

我住在城市，可有人告诉我：城市里，都是没有月光的人，也是没有真正夜晚的人。有这般断言的，都是见过真正夜晚的人，是全程看着月亮走完一夜路的，也知道哪一窝星会在哪片夜空亮起。

吹灭读书灯，一身都是月。对我而言，这很难得，月亮必须爬上前面那栋楼的楼顶，矮一点不行，歪一点也不行。没有月，屋里也不是漆黑一片，还有余光，那是千家灯火匀过来的。

灯一熄，夜晚才算开始。睡得浅，一点儿动静也能醒来，醒了又难入睡。人一失眠，只觉得夜晚静得像个大村庄，静到车辚蛙鸣都像在耳边发生一样。于是，干脆和月亮一起，在这村庄里闲溜达。这时候，人差不多都睡了，去梦里过日子了。一个一个的梦，就是一所一所的房子。一所房子，只住下一个人，我到不了你的梦，你也来不了我的梦，彼此串不了门。

这些房子，没门没窗，也没墙没檐，外人看不见那些梦。不过，也不是毫无眉目的，梦里的表情，挂在了脸上，甚至会哭出声、笑出声来。有时也会有几句梦呓，只是没头没尾，来龙去脉理不清。

父亲睡时总是鼾声大作，几道墙也拦不住那吓人的动静。总感觉那是累的，扶老携雏几十年，好像从没见他歇息过，在梦里，他终于敢喘几声粗气了。我很惊诧，母亲是怎么在父亲那样的鼾声里稳睡的。估计她已住进她的梦里，对梦外的世界浑然不觉。在父亲的鼾声里反侧时，我实在羡慕母亲的梦。是什么样的梦，把她留住了呢？

父亲从不跟我说他的梦。梦里的事，大概他只想自己一个人张罗。倒是孩子，偶尔跟我说梦。他说，他对着圆圆的月亮咬一口，缺的地方又长了出来，再咬一口又长出来，如此下去，他吃了一夜的月亮。

解梦，我自然不会。梦，不是一道方程式，只要演算下去就会有答案。硬要解，有点儿像搬现实世界的砖，去盖梦里的房子。房子是虚构的，砖头是真实的。

笔到此处，又至夜深，窗外落着雨，今夜是个湿漉漉的村庄。

要有输的风度

◎刘 墉

你一方面让孩子有赢的快乐，另一方面，也要教他有输的风度。他要认赢，也要认输。

儿子小时候，我就常跟他比赛扔球，譬如扔十球，看谁进得多。我们的奖品是，输的人要立正，对赢的人说"你是真功夫"三次（有时候甚至要说到十次）。

儿子起初输球，都说得心不甘情不愿，甚至因为态度不好被我骂。

但是当他赢的时候，我都立正，向着他，大声说"你是真功夫"，他渐渐就不会输不起了。

所有跟小孩子玩的游戏，都要让他们有赢有输。

如果他一直输，可能他的能力还不够，那个游戏可以等他大一点再玩，否则会打击他的自信心。

相对地，如果他总是赢，也没意思，反而会让他骄傲。

有输有赢对孩子才有挑战，能激发他们的潜能，也才能训练他们自制的能力，知道天底下不是"他最大"。

好的语言不古怪

◎汪曾祺

平常而又独到的语言，来自长期的观察、思索、捉摸。

鲁迅的《高老夫子》中，高尔础说："女学堂真不知道要闹成什么样子，我辈正经人，确乎犯不上酱在一起。""酱"字甚妙。如果用北京话说成"犯不着和他们一块掺和"，味道就差多了。

沈从文的小说，写一个水手，没有钱，不能参加赌博，就"镶"在一边看别人打牌。"镶"字甚妙。如果说是"靠"在一边，"挤"在一边，就失去了原来的味道。"酱"和"镶"，大概本是口语，绍兴人（鲁迅是绍兴人）、凤凰人（沈从文是湘西凤凰人），平常就是这样说的，但是在文学作品里没有人这样用过。

屠格涅夫写伐木的散文诗，有一句"大树缓慢地，庄重地倒下了"。"庄重"不仅写出了树的神态，而且引发了读者对人生的深沉、广阔的感慨。

阿城的小说里写"老鹰在天上移来移去"，非常准确。老鹰在高空，人是看不出翅膀扇动的，看不出鹰在"飞"，只是"移来移去"。同时，写出了知青的寂寞心情。

我曾经在一个果园劳动，每天下工，天已昏暗，总有一列火车从我们果园的"树墙子"外面驰过，车窗的灯光映在树墙子上，我一直想写下这个印象。有一天，终于抓住了。车窗蜜黄色的灯光连续地映在果树东边的树墙子上，一方块，一方块，川流不息地追赶着……"追赶着"，我自以为写得很准确。这是我长期观察、思索，才捕捉到的印象。

好的语言，都不是稀奇古怪的语言，只是在平常语中注入新意，写出了"人人心中所有，而笔下所无"的"未经人道语"。平常而又独到的语言，来自长期的观察、思索、捉摸。

读书这项秘密活动

◎莫　言

人真是怪，越是不让他看的东西、越是不让他干的事情，他看起来、干起来越有瘾。

我童年时的确迷恋读书。那时候既没有电影也没有电视，连收音机都没有。看"闲书"便成为我的最大乐趣。父亲反对我看"闲书"，怕我变成坏人，更怕我因看"闲书"耽误了割草放羊。人真是怪，越是不让他看的东西、越是不让他干的事情，他看起来、干起来越有瘾。我偷看的第一本"闲书"，是《封神演义》，那是班里一个同学的传家宝，轻易不借给别人。我为他家拉了一上午磨才换来看这本书一下午的权利，而且必须在他家磨道里看，并由他监督着。这本用汗水换来短暂阅读权的书留给我的印象十分深刻。

我后来又用各种方式，把周围几个村子里流传的几部经典如《三国演义》《水浒传》《儒林外史》之类，全弄到手看了。那时我的记忆力真好，用飞一样的速度阅读一遍，书中的人名就能记全，主要情节便能复述。

记得从一个老师手里借到《青春之歌》时已是下午，明明知道如果不去割草羊就要饿肚子，但还是挡不住书的诱惑，一头钻到草垛后，一下午就把大厚本的《青春之歌》读完了。身上被蚂蚁、蚊虫咬出了一片片的疙瘩。从草垛后钻出来，已是红日西沉。我听到羊在圈里狂叫，饿的。我心里忐忑不安，等待着一顿痛骂或是痛打。但母亲看看我那副样子，宽容地叹息一声，只是让我赶快出去弄点草喂羊。我飞快地蹿出家院，心情好得要命。

我的二哥也是个书迷，他比我大五岁，借书的路子比我广得多，常能借到我借不到的书。有一次他借到一本《破晓记》，藏到猪圈的棚子里。我去找书时，头碰了马蜂窝，几十只马蜂蜇到脸上，奇痛难挨。但顾不上痛，抓紧时间阅读，读着读着眼睛就睁不开了。头肿得像柳斗，眼睛肿成了一条缝。我二哥回来，看到我的模样，好像吓了一跳，但他还是先把书从我手里夺过去，拿到不知什么地方藏了，才回来管教我。他说："只要你说是自己上厕所时不小心碰了马蜂窝，我就让你把《破晓记》读完。"我非常愉快地同意了。但到了第二天，我脑袋消了肿，去跟他要书时，他马上就不认账了。

什么是好的语言

◎贾平凹

将那些"豪言壮语"从作品中抹去，乱用高尚、美丽的成语，会使这些词原有深刻、真切的含意贬值。

　　我们的学生，或者说，我们在还是学生的时候，那是多么醉心于成语啊！写起春天，总是"风和日暖""春光明媚"；写起秋天，总是"天高云淡""气象万千"。如果可能的话，快将那些"豪言壮语"从作品中抹去，乱用高尚、美丽的成语，会使这些词原有深刻、真切的含意贬值。

　　那么，什么是好语言呢？

　　之一，充分地表现情绪。"窗外有两棵树，一棵是枣树，另一棵还是枣树。"鲁迅表现的是苍凉、寂寞的情绪。李白的"举头望明月，低头思故乡"，是一种怀亲的哀愁。这些字眼是多么平淡无奇哟。但是，发纤秾于简古，寄至味于淡泊；不写的地方，正是作者要写出的地方。

　　之二，和谐地搭配虚词。一首歌曲，是那么的优美，原来有了节奏的长与短，力度的强与弱，速度的快与慢，结构的整与散，色彩的浓与淡，织体的简与繁，唱法的放与收……噢，奥妙原来如此！而文学呢？刻画的形象若要细致逼真，精妙入微，就应在其意境中贯穿充盈脉脉的隐隐的情思。为着情绪，选择自己的旋律，旋律形成，而达到表现情绪的目的。每一位艺术大师，无不是在作品里极力强调自己的感觉，而这一切又是那么地追求气韵、意境、含蓄和心灵内在的谐和呢。

　　之三，多用新鲜、准确的动词。人们乐道王安石的"绿"字，李清照的"瘦"字，李煜的"愁"字，杜甫的"过"字……所谓锤句炼字，竟然都是在动词上了。生动，活的才能动，动了方能活呢。杜甫的"牵衣顿足拦道哭"，七个字里有四个动词，形象能不凸现吗？试想，如果要描写两山之间有一道细水，"流"亦可，"漫"亦可，"窜"亦可，但若用个"夹"字，两山便有了"窄"的形象，水便有了"细"的注脚。

　　当然了，嚼别人嚼过的馍没有味道。你必须是你自己的，你说出的必须是别人都意会的又都未道出的。于是乎，你征服了读者，你，也便成功了。

欲扬先抑，让情节波澜起伏

◎王秋珍

"抑"不是目的，它是在为"扬"蓄势。

相传，唐伯虎应邀出席一位财主婆的甲子寿宴。当对方邀请唐伯虎致祝寿词时，他指着寿星道："这个婆娘不是人！"宾客们个个目瞪口呆。唐伯虎话锋一转："九天仙女下凡尘。"大家都舒了口气。不料唐伯虎又爆怪句："儿孙个个都是贼！"满座皆惊，无不怒目而视。唐伯虎笑道："偷得蟠桃奉至亲。"至此，众宾开怀大笑，掌声如雷。唐伯虎的四句祝寿词，先抑后扬，再抑再扬，取得了非常好的效果。

要用好欲扬先抑的手法，主要把握两点：

一是贬抑处落笔，极力渲染刻画对象的反面形象。朱自清的《背影》，作者写父亲的"迂""颓唐"等，都是对人物的抑。鲁迅的《阿长与〈山海经〉》中，列举了阿长的种种令人讨厌之处：饶舌，多事，睡相霸道，有着烦琐的规矩等，全部是反向入笔，写出人物的不讨喜。

二是笔锋突转，给人恍然大悟的快感。"抑"不是目的，它是在为"扬"蓄势。《背影》一文，"当时的我"和"回忆时的我"双重视角下，对父亲有不同的认知。后者眼中的父亲，是"扬"。当自己遭遇了生活困顿和精神压抑，才对父亲有了深深的理解和爱意。《阿长与〈山海经〉》中，文章是如何扬的呢？一来是让阿长和自己对比衬托，让她的外在和内在形成对比。一个不识字的保姆，居然给"我"买到了日思夜想的《山海经》。她尊重小孩，把"我"的愿望当成一件大事来完成。二来是用别人的言行来和阿长对比衬托。鲁迅写到他的远房叔祖，爱读《毛诗草木鸟兽虫鱼疏》一类的书。按说，让他找一本《山海经》是件极容易的事，但他不愿意去做。两者一对比，阿长的品质就更突显了。

当然，同学们在运用欲扬先抑的手法时，要注意抑扬前后要有对照性，比如写爷爷对自己节俭，后文可用对他人大方来"扬"。此外，转变过程中，要情感自然，没有矫揉造作的痕迹，不可生拉硬扯，给人虚假感。

语言是文章的衣裳

◎梁 衡

文章的语言有三个标准：准确、鲜明、生动。准确运用名词、动词、形容词，是写好文章的基础。

语言是文章的衣裳，人靠衣裳马靠鞍，文章漂亮靠语言。一件好的衣裳由面料和裁缝的手艺构成，而词汇和句子就是文章的"面料"。

文章的语言有三个标准：准确、鲜明、生动。准确运用名词、动词、形容词，是写好文章的基础。

我们先来谈动词的使用。《水浒传》中常写到李逵挥斧砍杀，不用这个"砍"字，也就没有了李逵。再比如你帮一个人上楼梯，可以用"扶"或"搀"这两个动词，但二者也有细微区别。"扶"是你用力三四分，他用力六七分，以他为主；"搀"是你用力六七分，他用力三四分，以你为主。大致说来，动词在文中用得是否准确，要看四个方面：对象、主体、背景、效果。

下面讲讲形容词的运用。文章之所以多彩，关键是用好形容词。

比如，"他走在路上"，这话已经说清楚了；"他愉快地走在路上"，更生动。"她笑了"，可以；"她笑得像一朵花一样"，就会更生动。显然，稍加形容就立见光彩。

一篇文章全用名词是写不出来的，只用名词和动词勉强可以，但不可能生动，也不美，特别是少了情感的美。只有名词、动词、形容词三者结合才能动起来，美起来，才能达到作者与读者的交流和共鸣。

除了名词、动词和形容词，还有一种词，叫作合成词。我写林则徐的一篇文章里面有一句话："当我以十二分的虔诚拜读文物柜中的这些手稿时，顿生一种仰望泰山、遥对长城的肃然之敬，不觉想起了什么……"你看"拜读""仰望""遥对"，这些都是合成词。"拜读"，他读这个东西有一种崇拜的感觉；"仰望"，仰着头看，有一种尊敬的感觉。

文章的语言是一门博大精深的学问，我们这里只就词汇而言，因为这是基本的，其他还有修辞、句式、风格等，还是要靠多读、多背、多写才能最终掌握文章语言的艺术，写出好文章。

模仿名家学写作

◎和菜头

请全文反复抄写《荷塘月色》。一直抄写到能够摆脱字词的纠缠，抄写到能默默感受情绪从头到尾的一气贯通。

有读者留言提问，听说学写作的方法可以是模仿名家的语言，想问问模仿谁的更好。那么就请再读一遍朱自清的《荷塘月色》。第二段可以抄几个词，如幽僻、蓊蓊郁郁。后面这个词看起来很厉害，用在文章里一定很强。第三段可以大抄特抄：我爱热闹，也爱冷静；爱群居，也爱独处。将来自己就可以写：我爱奶茶，也爱白开水；我爱火锅，也爱一人食；我爱淘宝，也爱拼多多。我想，这大概就是许多人模仿朱自清的《荷塘月色》时的心路历程。感觉虽然学到了一些，但是不晓得怎么用。文章不是这样读，也不是这样学的。

如果通读几遍全文，就应该感觉到全文很流畅，自始至终贯穿着作者的情感变化。夜半起身去散步看荷塘，一切的开始就是开头的那四个字：颇不宁静。颇不宁静推动作者出门，沿着荷塘散步，一路上内心得到治愈，心境变得逐渐开阔。所以，真值得模仿的东西，是开头这句话，为全文定下基调，准确描述状态，后续围绕它逐步展开。

接下来值得模仿的是"忽然"二字。内心不平静，但还是勉强坐在院子里镇定心神。突如其来一股冲动，想要出去走走，于是把这种平静打破了。写散文全是这种忽然，忽然看到风景，忽然遇见个人，忽然回想往事，忽然心中产生感悟，诸如此类。这些部分很容易被忽略，人们更喜欢那种炫技式的技巧：曲曲折折的荷塘上面，弥望的是田田的叶子。叶子出水很高，像亭亭的舞女的裙。层层的叶子中间，零星地点缀着些白花——一路叮叮当当的叠字运用，视线的自然延伸，好厉害啊，我要学。

自己能模仿吗？没下手的地方。所以我给出的建议是：请全文反复抄写《荷塘月色》。一直抄写到能够摆脱字词的纠缠，抄写到能默默感受情绪从头到尾的一气贯通。你跟着大师傅动手建起一整间房，那么你多少会对如何盖房子有点概念。于是知道房子最重要的不是门窗地板，飞檐斗拱，石首悬铃，而是地基、柱子和梁。

高考作文的写作之道

◎韩浩月

> 高中阶段，最重要的是思考，它像化学试剂，会将之前所有的积累进行重新搅拌、分类，形成有价值的内容。

写好高考作文有没有窍门？首先，要灵巧地分解命题；接下来，调集脑海中与命题有关的素材。生活在互联网时代的学生们积累了大量素材，考生需要做的就是激发调动并集中这些素材，然后进行取舍，精选素材为自己所用。在这个过程中，既可谋篇布局，又可提炼出一个鲜明论点当题目，接下来便是扣题而写了。

具体到写法，用文学的手法写议论文，会使文章读起来更通顺，观点明确且易于接受。所谓的文学手法，就是加入感性元素，比如生活经历、对文学作品的引用、抒情句式等，这些手法的运用会增强作文的可读性，使其变得饱满、有逻辑，稀释议论文的枯燥。这种手法可以在不跑题的情况下，帮助作文得到较高的分数。

再有就是扬长避短，把命题"拉"入自己擅长的领域——不管遇到什么命题，都要学会在其中找到擅长的部分进行扩大。因为你熟悉和擅长，所以有话可说。

成长于网络时代的年青一代，能接触到大量信息，在阅读年轻人的文章时，会觉得他们的作品比较轻盈，视野也比较开阔。我建议年轻人在语言上要有所收敛和控制，保持语言的精练准确，在广泛接触信息的同时，要拓展思考深度。在初高中和大学时期，青年人应学会深度阅读、深度观察、深度表达，从而形成系统的价值观，指导自己面对生活和工作。

年轻人总是充满活力，思维跳跃，若将这一特征与高考作文写作联系起来，却是弊大于利。因为高考作文的目的，是培养学生在有限的时间和篇幅内输出更有效的信息，所以有一定的限制。如果他们能把接触到的信息进行有效过滤，像炼金一样筛出沙子，留下金子，就会写出更好的文章。高中阶段，最重要的是思考，它像化学试剂，会将之前所有的积累进行重新搅拌、分类，形成有价值的内容。

写作需要真功夫

◎梁晓声

写作的过程迫使我不能离开书，要求我不断地读、读、读……读的过程使我得以延续初中三年级以后的语文学习……

获全国小说奖以后，我曾不无得意地作如是想——现在，就语文而言，我再也不必因自己实际上只读到初中三年级而自叹浅薄了！在我写作的前十余年始终有这种得意心理，直至近年才意识到我错了。

"运交华盖欲何求，未敢翻身已碰头。"我初三的语文课本中没有鲁迅那首诗，当然也没谁向我讲解过，"华盖运"是噩运而非幸运。20余年间，我一直望文生义地这么以为——"罩在华丽帷盖下的命运"，却并不要求自己认认真真查资料，或向人请教。不明白也就罢了，还要写入书中，以其昏昏，使人昏昏。此浅薄已有刘迅同志在报上指出，此不啰唆。

读《雪桥诗话》，有"历下人家十万户，秋来都在雁声中"句，便又想当然地望文生义，自以为是凭高远眺，十万人家历历在目之境。所幸同事中有毕业于北师大者，某日有兴，朗朗而诵，其后将心中困惑托出，虔诚求教。答曰："历下"乃指山东济南。幸而未引入写作中，令读者大跌眼镜……

儿子高二语文期中考试前，曾问我"身无彩凤双飞翼，心有灵犀一点通"出自何代诗人诗中。我肯定地回答："宋代翰林学士宋子京的《鹧鸪天》。"儿子半信半疑："爸，你可别搞错了误导我呀！"我受辱地说："什么话！就将你爸看得那么学识浅薄？"于是，又卖弄地向儿子讲"蓬山不远"的文人情爱逸事：子京某日经繁台街，忽然迎面来了几辆宫中车子，闻一香车内有女子娇呼"小宋"！——归后心怅怅然，作《鹧鸪天》云："画毂雕鞍狭路逢，一声肠断绣帘中。身无彩凤双飞翼，心有灵犀一点通……"儿子始深信不疑。语文卷上果有此题，结果儿子丢了五分。我不禁双手出汗。若是高考，五分之差，有可能改写儿子的人生啊！众所周知，那当然是李商隐的诗句。宋子京的《鹧鸪天》，不过引前人诗句耳。

写作的过程迫使我不能离开书，要求我不断地读、读、读……读的过程使我得以延续初中三年级以后的语文学习……

高考作文的六字真经

◎ 曾 颖

这个六字真经，不仅是对高考作文，就是给新闻和其他文字起标题，都大有用处。

我曾经和几位参加过高考阅卷的语文老师聊过，他们说，每篇作文映入眼帘，标题是很重要的，如果一篇作文，有一个显眼的标题，再有一个让人一震的开头，往后看有个干净爽朗有力的结尾，中间如果有一个说明性比较强的有情节的故事作为肢体，大致都能得到高分。

所以，在写高考作文时，适度地当一下"标题党"是必需的。那么，怎样才能做到"适度"呢？首先，不能哗众取宠为新奇而新奇。其次，一定要契合作文的主题。最后，标题通俗易懂，尽量不要耍小聪明炫技——使用生僻的字和典故。那么，如何起一个既符合考试要求，又能出彩的标题呢？我得出以下几点心得。大致可以用几个字来概括：

第一个字，是"简"。一个好的作文标题，一定是简单的，最好是用一句话就能表明本文想写的是什么，让读者从字面上轻松地了解你这篇文章想要表达的思想和主题。

第二个字，是"奇"。是指标题一定要有奇特性和新鲜感，让人有阅读下去的欲望和好奇心。

第三个字，是"具"。一个好的题目，必须是具体而非空洞和抽象的。即使是遥远的陌生的概念，也一定要将它与人们熟知的具体事物相联系。

第四个字，是"信"。就是可信度要高，不能给人一种口若悬河不着边际的感觉，甚至题不对文。要有可信度，让人因"信"而生好感。

第五个字，是"情"。所谓"情"，是指共情。人们总是通过与自己贴近的东西产生共鸣，而滋生感动。

第六个字，是"事"，故事的"事"。无论哪类题材的作文，在起标题的时候，若能让人产生故事联想，总是更能让人产生共鸣和加深印象。

以上六个字，连在一起，就是"简奇、具信、情事"。这个六字真经，不仅是对高考作文，就是给新闻和其他文字起标题，都大有用处。

如何写出一个好故事

◎郝广才

有的人文章写不好，主要是因为"三少"。哪"三少"呢？知道的故事太少，知识太少，写得太少。

有的人文章写不好，主要是因为"三少"。哪"三少"呢？知道的故事太少，知识太少，写得太少。要克服这"三少"，写出一个好故事，你可以尝试根据下面的三个要点去摸索。

第一个要点，文章开头就要"正中红心"，就是明确主题；再找到射向靶心的箭，比如提个问题作为开篇。如果你没办法提出问题，还可以尝试另一个急救办法：找一个"开关"。也就是说，你可以建立一个"万能词"，不管写什么主题，当你没有灵感的时候，都可以从这个特定的词写起，展开联想。比如当我想不出开头怎么写，就会使用"翅膀"这个词，围绕这个词做一些文章；可以用比喻之类的写作方法，来引出你要说的事情。

第二个要点，是把故事写得动人。最动人的故事一定是和英雄有关的。掌握了英雄故事的结构，我们就能写好一个动人的故事。发生一个英雄故事也可以分成12步。这12步，分别是得到召唤，请求智者支援，启程迎接挑战，开始面对困难的试炼，然后面临恐惧，遭遇危机，接着得到宝物，解决问题，荣归故里，重获新生，获得领悟，最后舍弃功与名回到现实。这12步都想清楚了，你就能写出一个完满的英雄故事。

第三个要点，也是最后一点，是让故事深入人心。要让人记住你写的故事，你可以用下面两招：第一招，图像思考，也就是你所有的语言表述，都要能画成图像。比如，风其实是有情绪的，如果你只说它是暖风、和风、微风，没用。但如果你说，从玫瑰花园吹来的风是暖风，从枯树林吹来的风是冷风，这就能让人感知到。你要用有形的东西、大家能感知的东西、具体的东西来形容抽象的东西。第二招，学会对比。比如，大海捞针，雷声大雨点小，万人空巷等。你跟一个人说爱他，怎么爱，什么爱到入骨，这都不够爱。你要把对比拿出来。爱的对比是什么？恨。你如果说，"即使全世界都恨你，我还是会爱着你"，这个对比就出来了，故事的效果也出来了。

文章之法

◎周国平

文章最讲究味。一个人写文章，是因为他品尝到了某种人生滋味，想把它说出来。

想要写好文章，不能光靠精神涵养，文字上的功夫也是缺不了的。

文章最讲究味。一个人写文章，是因为他品尝到了某种人生滋味，想把它说出来。文章无论叙事、抒情、议论，还是记游、写景、咏物，目的都是说出这个味来。

平淡而有味，这就难了。酸甜麻辣，靠的是作料。平淡之为味，是以原味取胜，前提是东西本身要好。

林语堂有一妙比：只有鲜鱼才可清蒸。

如何做到文字平淡有味呢？

第一，家无鲜鱼，就不要宴客。心中无真感受，就不要作文。不要无病呻吟，不要附庸风雅，不要敷衍文债，不要没话找话。尊重文字，不用文字骗人骗己，是学好文字功夫的第一步。

第二，有了鲜鱼，就得讲究烹调，目标只有一个，即保持原味。但怎样才能保持原味，是说不清的，要说也只能从反面来说，就是千万不要用不必要的作料损坏了原味。

作文也是如此。林语堂说行文要"来得轻松自然，发自天籁，宛如天地间本有此一句话，只是被你说出而已"。话说得极漂亮，可惜做起来只有会心者知道，硬学是学不来的。我们能做到的是谨防自然的反面，即不要做作，不要着意雕琢，不要堆积辞藻，不要故弄玄虚，不要故作高深，等等，由此也许可以逐渐接近自然的文风了。

爱护文字，保持语言在日常生活中的天然健康，不让它被印刷物上的流行疾患浸染和扭曲，是文字上的养身功夫。

第三，只有一条鲜鱼，就不要用它熬一大锅汤，冲淡了原味。文字贵在凝练，不但在一篇文章中要尽量少说和不说废话，而且在一个句子里也要尽量少用和不用可有可无的字。

阅读时，不要放过你的耳朵

◎毕飞宇

在强调"阅读"的时候，我们一定不能做"自我残疾"这样的傻事，我们不该放弃我们的耳朵。

　　关于阅读，我坚持认为，坐下来、打开书、一手提笔、边读边记是最佳的阅读方式。阅读是容易产生快感的，快感来了，不管不顾，一口气冲到底，它的缺点是看得快、忘得更快。如果手上有一支笔，它对阅读的速度就会有一个调整。笔的作用其实就是刹车。你在书上划拉几下，再写上几个字，这样一来，阅读的速度就慢下来了，它有助于理解，也有助于记忆。

　　然而，我想说，无论我们是怎样好的读者，阅读都有它的局限。这个局限不是来自我们的能力，而是来自文字自身的属性。

　　文字的基本属性有两个，一个是"形"，这是供我们阅读用的，它作用于视力；但是，文字还有一个同样重要的属性，那就是"音"，这是供我们说话用的，它取决于我们的听。"形"和"音"并不构成彼此矛盾的关系，然而，出于生理的特征，我们在面对文字的时候很难兼顾。

　　我们举一个例子吧。在《雷雨》的第二幕里头，有一段后母繁漪与长子周萍的对话。他们之间有不伦之恋。在剧本里，周萍说："如果你以为你不是父亲的妻子，我自己还承认我是我父亲的儿子。"繁漪说："哦，你是你父亲的儿子。"

　　这段文字我是读大学时读的，这两行"字"就那样从我的眼前滑过去了。但是，有一天，在剧场里，我的耳朵终于听到这两句台词的"音"了，我承认，我的鸡皮疙瘩都起来了。我深为曹禺先生的才华所折服。

　　——"我是我父亲的儿子。"这是周萍的狡诈，是周萍想结束与后母的不伦之恋，他要用伦理与虚伪来压垮繁漪。

　　有一个问题是现实的，如果没有语言的"音"，我没有"听"，我真的能够"读懂"《雷雨》吗？我真的可以获得如此强烈的审美震撼吗？

　　事实上，在强调"阅读"的时候，我们一定不能做"自我残疾"这样的傻事，我们不该放弃我们的耳朵。

"分""合"之理

◎曹南才

宇宙有日月星辰、年有四季、天有四时，事有轻重缓急、路有易难顺逆……这些都是可以条分缕析、开枝散叶的。

写作文，总是苦于每写一个题目，都不知道怎么展开。老是写着写着就没话可写了，两三行就写完了。

有一次，问老师："我不明白，您的文章为什么写得那么长？"

老师说："写好文章的基本功很多，但如你所说的展不开，就可能用得上'分''合'之理。这在逻辑学上就是'分析'与'综合'的关系。任何一个题目，包括概念，都可以像分拆邮件一样，来一番分拆，就知道里面有很多东西可以下笔，然后再综合成你所要表述的主题。"

"是吗？"我按着面前的桌子说，"好比这张桌子，怎么分析？"

老师说："可以分的多了。不同层面还有不同分法。譬如，从桌子的功能分，可分为书桌、饭桌、办公桌、球桌等；从桌子的用材分，可分为木桌、钢桌、塑料桌等；从桌子的形状分，可分为圆桌、方桌、椭圆桌、长条桌……"

"哟！真的，这么一分，内容便多了，该选择什么方面来写，心里也有底了。"我恍然大悟。

老师说："对了。分析好、选择好、梳理好，便于你综合到一个清晰的主题。譬如通过分析，想写一张圆木饭桌，包括其质量用途、生产销售等，几方面再综合起来，就容易下笔。这就是分析综合的妙处。"

老师继续说："以前听说书，开场白少不了这一句：'分久必合，合久必分。'其实，这'分''合'之理，不但写作上有，生活上也不乏。"

老师说："如买东西，就是分析综合过程。要买的东西，先作一番分析甄别，才能找到最佳的性价比。还以买桌子为例，除了上面所说的分析，还可以从质量、价格、产地、厂家等来分析，越分得细致清晰，越有利于进行比较、鉴别，最后该买什么品牌的便心里有数了。"

宇宙有日月星辰、年有四季、天有四时，事有轻重缓急、路有易难顺逆……这些都是可以条分缕析、开枝散叶的。

作文的"秘诀"

◎ 项 伟

写作这东西，它是越写越简单，越想越困难，越拖着越想放弃。

高中刚毕业那会儿，一时找不到合适的工作，为了不至于"蹉跎"光阴，就结合自己的兴趣，报了一个写作培训班。

给我们授课的是一位头发花白的退休老者。一上来，老师就开门见山："在这节课的开头，我要先跟你们分享一则我的写作'心得'，或者说是感悟吧。我觉得它比具体的写作方法更重要。"老师顿了顿，缓缓说道："就是一句话：写作这东西，它是越写越简单，越想越困难，越拖着越想放弃。"（姑且称之为"三越论断"）

老师继续解释道："俗话说，'万事开头难'，写作也是一样。但很多时候，我们甚至连文章的'头'都没有开出来，就放弃了。不是担心文章写不完整，写不好，就是怕写出来的东西粗糙，被人嘲笑，或是觉得想法过于幼稚，想等考虑周全后再动笔。不断地自我否定，自我打击。想得越多，就越不敢动笔，'灵感'就此白白地溜掉，回过头来想写的时候，却再也找不到感觉，结果自然是不了了之。

"反之，有了灵感，能立马记录下来，积攒起来，你就成功了一半。不论长短，一句也好，一段也罢。再将句扩写成段，段扩写成篇。写得不好也不要气馁，多写多改是关键。写得多了，自然熟能生巧，再碰到驾驭得了的题材，就能做到胸中有丘壑，下笔如有神了。这不就是越写越简单吗？"

听了老师的这番话，同学们都不由自主地点了点头，心里都在想，这个"越想越困难，越拖着越想放弃"，说的不就是我吗？

一晃十几年过去了，那位作文老师的形象已然模糊不清，然而，他关于写作心得的"三越论断"，我依然清晰地记得。每当在写作上畏难、犯懒的时候，我都会把这句话温习一遍，以此来警醒自己，这也让我在创作方面获益良多。

我有时在想，作文如此，做事又何尝不是呢？想一千次，不如行动一次。

写作功夫课

◎徐博达

唯有不断修炼我们的文字，我们才有可能取得更长足的进步。

一篇文章白天读了许多遍，胸中已有丘壑，下手修改却是在夜晚。因为夜间暑气散尽，嚣声俱远，于灯下细读，可以保持一种相对宁谧的心情，字字推敲，句句斟酌。

写作的过程中，我们是田径运动员，分秒必争，顾不得回头去看。在思绪缭绕的时候，一旦暂停，往往会断了线索，接续起来，也多半失了原本的灵气和滋味。

文章完成后，我们是木匠。原来写字的羊毫已经变成砍树的斧头，在文章这棵大树上奋力砍剁，削去旁生的枝节，芟除多余的叶片，只取能够成材的主干。旁干再大，枝叶再多，也不可心存怜悯。否则做出来的器具，往往不够光滑美观，还要返工，费时费力。

成品出来后，我们是质检员。寻章摘句，深钻细研，容不得半点马虎大意。错字，别字，讹句，都要一处一处挑出来。

质检过关后，我们是调色师，给文章美容妆点。现在可知的修辞手法有六十三大类，七十八小类。以比喻为例，就有明喻、暗喻、借喻、博喻、倒喻、反喻、互喻、较喻、譬喻、饰喻、引喻、隐喻，在文章里穿插运用，便会增色许多，如果仅仅使用一种或两种，那么文章就会显得呆板和生硬。

做好描眉画目的精细活儿后，我们是侦探家。寻找每一章、每一节、每一段、每一句存在的破绽和漏洞，想办法进行填补，尽量做到自然天成，消泯斧凿痕迹。

当你真正觉得文中字、词、句、段、章没有一字差错，没有一个标点混淆，再将它发给自己熟悉的朋友，也许在他（她）的眼里又能发现更多的不足。唯有不断修炼我们的文字，我们才有可能取得更长足的进步。

作文是一件开心的事

◎肖复兴

写作文，就是说作文；说好了，才能写好。

我曾经当过整整十年的老师，除了幼儿园，大中小学都教过。

作文课，是我最爱教的课，也是学生们最爱上的课。我不想简单地布置一个作文题目，就让学生冥思苦想，然后闷头去写。这样匆忙又被动地下笔，一般效果不会太好；而且，学生们容易把它当成作业去完成，作文的兴趣会减弱，乐趣会漏失。

在写作文之前，我喜欢和他们交流。和学生交流，目的是让他们先开口去说。在我的想法里，学生学写作文的第一步，是说。可以这样认为，写作文，就是说作文；说好了，才能写好。这样，他们没有负担，都非常愿意举手发言，毕竟说比写要简单，比写要容易，而且，会觉得好玩。让学生先说，避难就易，避免了心理负担，不再把作文看得非要那么一本正经、正襟危坐才行，写便会入手得快些。

记得教高中的时候，我进行过这样小小的实验。

我指着教室窗外黄昏时分烧红西天的一片晚霞，对孩子们说："我上中学的时候，写这样的景色，特别爱说晚霞似锦，晚霞如火。这都是现成的词，谁都可以用这样的词形容黄昏时的景色。你们应该比我上中学时强，要写的话，你们怎么写？"

有学生说："晚霞今天有点儿喝高了，醉红了脸膛。"

有学生说："晚霞今天一定是干了什么坏事，羞红了自己的脸庞。"

有学生说："晚霞今天得了什么喜帖子了？可能是老师表扬了它，看放学回家高兴的劲儿，憋不住涨红了半边天呢！"

同样是一片晚霞，他们说得多热闹，说得多好啊！如果只是我一个人满堂灌地说，就不会有这样的结果和效果了。大家能够将眼前的景象，熟悉的生活，自己的心情，用漂亮的语言表达出来，让自己高兴，也让别人眼前一亮，是多么开心的事情。

大师只写家常文

◎陈鲁民

> 文章通俗易懂比故作高深好，简明扼要比长篇大论好。作文尽量用语家常。

写文章的目的，一是让人看懂，二是让人接受，三是能传播开来。所以，文章通俗易懂比故作高深好，简明扼要比长篇大论好。作文尽量用语家常。

鲁迅在《秋夜》里写道："在我的后园，可以看见墙外有两株树，一株是枣树，还有一株也是枣树。"语言风格与邻人好友间拉家常差不多。以至于作家刘震云卖酱油的母亲曾对他说，当作家有什么难的，就像鲁迅那样的文章我也会写：我的院子里有两口缸，一口装的是酱油，还有一口装的也是酱油。

东坡学富五车，才华横溢，但也不喜卖弄，偏爱家常文字。写赤壁大战，来一句闲笔"小乔初嫁了"；雨中行路，写下"也无风雨也无晴"；江边赏景，写下"春江水暖鸭先知"；中秋赏月，悟出"人有悲欢离合"，此等家常语比比皆是，通俗至极，却又无比高雅，可谓大俗大雅。

学问大师钱钟书，固有高深莫测的《管锥编》面世，但笔下更喜欢用家常话表达。他把婚姻说成"围城"，可谓一语中的，入木三分。他管衣着暴露的鲍小姐叫"局部的真理"，辛辣而形象，幽默而接地气，令人忍俊不禁。受他的影响，夫人杨绛也下笔家常，不疾不徐，娓娓道来，光看她的书名《我们仨》《洗澡》，就觉得烟火气十足，离柴米油盐很近。

尼采是哲学大师，但也不喜欢在概念、体系上绕来绕去，下笔常常是直截了当，朴实简洁："每一个不曾起舞的日子，都是对生命的辜负"，为很多人敲响了警钟。"但凡不能杀死你的，最终都会使你更强大"，激励人们不懈奋斗，坚韧不拔。

大师只写家常文，首先是因为他们深谙此理：让人听懂是写文章的最高境界，怎么清楚、怎么明白，就怎么写。其次，他们的水平与学问已经得到证实，无须再用大话、套话、故作高深的话来唬人。最后，他们明白，真理是朴实、简明、直通人心的，不必有花哨的语言、烦琐的术语，绕那么多圈子，只要如实写来就行了。

你的形容词可以从句子中"抠"出来吗 ◎午 歌

把一个词语抠出来，就像从金字塔中抠出一块巨石一样困难。

汉语中的名词，本身就有很强的意象指向性。有时即便不用定语修饰，当我们读到某个词或某几个词，会自觉产生场景联想，引发情绪共鸣。比如，李白的《静夜思》："床前明月光，疑是地上霜。"这里的床前月与地上霜遥相呼应，让人产生一种亮而寒凉之感，很好地渲染了思乡之情。又比如，白居易的《问刘十九》："绿蚁新醅酒，红泥小火炉。晚来天欲雪，能饮一杯无？"全诗二十字，仅有"红、绿、新、小"四个形容词，依靠"绿蚁酒、红泥、小火炉和雪"的集体意象，营造出一幅天寒地冻、温酒待饮的温暖画面，写得简洁而风雅，耐人寻味。

形容词（或副词）的过度使用，会增强句子的涩滞感，破坏阅读节奏，甚至"文过饰非"。优秀的作家，在选用修饰语上会特别谨慎，绝不滥用。

黑孩在铁匠炉上拉风箱拉到第五天，赤裸的身体变得像优质煤块一样乌黑发亮；他全身上下，只剩下牙齿和眼白还是白的。这样一来，他的眼睛就更加动人，当他闭紧嘴角看着谁的时候，谁的心就像被热铁烙着一样难受。他的鼻翼两侧的沟沟里落满煤屑，头发长出有半寸长了，半寸长的头发间也全是煤屑。（莫言《透明的红萝卜》）

在这段文字中，莫言以大量的笔墨来描绘黑孩的"黑"，他想传达的核心感受正是：黑孩的形象让谁看了心里都难受。莫言在描写上做了三层铺垫。第一，黑孩的黑是拉风箱所致，"赤裸的身体变得像优质煤块一样乌黑发亮"，把身体比作优质煤块，本是戏谑的笔法，再用乌黑发亮来点睛，加深印象。第二，黑孩全身乌黑，牙齿和眼白就显得格外突出。第三，当黑孩闭着嘴唇，只露出眼白盯着谁看的时候，谁的心就像被热铁烙着一样难受。被热铁烙过的确滋味难受，但最大的特征是：被烙过的东西也是乌黑一片的焦糊。

最优秀的文本一定凝练而深刻，是不可更改和替换的。有人曾对莎士比亚的戏剧做出评论："把一个词语抠出来，就像从金字塔中抠出一块巨石一样困难。"

动人与留人

◎游宇明

> 留人的文章不能离开奇巧。所谓奇巧，就是要写得跟别人不一样，使人觉得新颖。

闲下来的时候，我喜欢阅读，书读多了，总喜欢想一个问题：文学到底能给人提供什么？我想，它更多的应该是一种心灵的指引，让你明白物质不是一个人生活的全部，眼睛不再只盯着物质，得志时知道低调，失意时懂得保持期待。

不过，文学的这种功能不是挂上它的名字就可以提供的，必须是我们心目中的好作品。何谓好作品呢？有人说是动人。翻开一篇文章或者一本书，顺着作者的笔触走，觉得作者写的事情好像是"我"经历的，倾诉的情感也是"我"要倾诉的。于是，作者或作品中的人物高兴，"我"也高兴；作者或作品中的人物悲痛，"我"也悲痛。此之谓动人。"上邪！我欲与君相知，长命无绝衰。山无陵，江水为竭，冬雷震震，夏雨雪，天地合，乃敢与君绝。"这首汉乐府民歌的技巧特别精彩吗？不见得，它就是发了个誓，但正是这种爱得不管不顾的感情打动了我们。

动人的作品固然好，不过最好的文章是能留人的。

留人的文章不能离开奇巧。所谓奇巧，就是要写得跟别人不一样，使人觉得新颖。比如李白的《黄鹤楼送孟浩然之广陵》，仔细品，便会感到手法高明。送人要送到朋友的船看不见了，才转身回家，里面就有对朋友离去的不舍，对朋友要经历漫漫长途的牵挂。还有卞之琳那首著名的《断章》，也让我回味。遇到这般美文好诗，我是忍不住想一品再品的。

人与人相遇，最难得碰到有见识的人，走进文学作品也不例外。古代文人爱游山玩水，描写山水之美的不乏其人，不少都云烟俱灭，王安石的《游褒禅山记》却成了其中的一个经典，他写山水，更是写人生。苏轼的《赤壁赋》也是以物观人，"盖将自其变者而观之，则天地曾不能以一瞬；自其不变者而观之，则物与我皆无尽也""物各有主，苟非吾之所有，虽一毫而莫取"……读到这样富有哲思的笔触，你不会想一想自己走过的路吗？

文学之留人，本质上是一种时空穿越，亦是阅读之妙处。

磨

◎黄永武

　　天下的事物中，我们最爱看长期磨出来的东西：奇伟层层的幽深崖谷，是亿万年冰河磨出来的；玲珑的圭璋瑚琏，是匠人长期痛加磨琢而成的；小说里男女主角的团圆相会，必经长期的磨折久待，而后结局令人欢呼雀跃；情人间耐人一读再读的情书，也必待内心反复磨荡，细心抒写而来；即使武林中的拳师侠客，想到达"电转泉流"的武艺绝境，谁能凭借一本秘籍而不是经过百炼千锻？自然与人事，都难有一蹴而就便能耐人细细品味与激赏的。

　　所以上天要成就谁，全在穷困抑郁的磨难中检验一个人，天要对待你厚、成就你大，没有不把你磨得又久又苦的。孔子对拂逆的境遇探取了"发愤忘食，乐以忘忧"的态度，就是以接受磨难为当然，才能将"愤"与"忧"当作他快乐用力的功课。轻易放过种种磨难，等于逃避考试，哪会有成绩？

◎何家豪

20岁，我被《意林》拯救

我必须在这里和大家说说我与《意林》的故事，为我们彼此度过的20年时光。

我正式开始写东西很晚，高中二年级。那时候，逃避学业压力，偷着在课上课下看了不少书，有名著也有杂志，《意林》自在其中。保持至今的阅读习惯便是那时候养成的。

我买了一本8开的笔记本，上课时间偷偷琢磨故事的构架，下课闷着头不停地写。我一心想要投稿，不仅因为我觉得自己擅长写作，自己的文字不差，也出于对自己名字出现在杂志上的渴望。我偷偷花了800元买了一部劣质平板电脑，在深夜的寝室、自习时间的厕所，将本子上的字一个个打到文档中，再打印出来。

而当我把自己的这份小理想告诉老师，告诉家长，迫在眉睫的高考让他们必然加以劝阻；投出去的稿子如石沉大海，这使我伤心万分，自我怀疑。

而也就是在这时，《意林》的某一页上，窄窄的边框里，我看到那一行字——"寻找张爱玲、三毛征文大赛"。我下意识地想，我是一个男孩，对自己的文风也没什么判断，我怎么能是张爱玲，怎么能是三毛呢？我有资格参加这个比赛吗？偌大一本《意林》杂志会接受一个高中生的投稿吗？这些疑惑使我没有立刻投稿。

下一期《意林》又见面了，这次，我假装不在意，但下意识寻找，果然，在不显眼的一页下方，我又看到《意林》的征文信息。在内心反复的挣扎中，我最终投出了稿件。高考让人忘记其余事情，我很快遗忘此事。

第二年夏天，一个寻常的上午，我的QQ收到一条好友申请，对方发来消息："是何家豪同学吗？你入选了《意林》编辑部'寻找张爱玲、三毛征文大赛'的下一阶段赛程。"

一开始我对此不敢相信，一度认为是从哪里收集了我个人信息的网络诈骗，因为投稿的事已过去许久，而我也习惯了稿件石沉大海般的默声。也是在《意林》方耐心的解释之下，我才确信自己入选了，的的确确。

接着就是孤身去北京参加复赛。我来到《意林》编辑部，见到了与我一同来参赛的各位，其中有深耕教育同时不忘自我提升的老师，也有与我年纪相仿，正在学业中的男孩女孩，甚至有在父母的陪同下特地请假来参加的初中生。

主编老师领着我们参观编辑部，让我们围坐在一张大桌子边。她将大家的稿子拿出来，悉心地分析与鼓励，并由衷地对我们表示感谢。渐渐地，初识的陌生气氛缓和了，大家有说有笑地聊了起来。这时我才知道，参与这次活动的读者不计其数。而我能得到复试的机会无疑是幸运的。

复试终于开始了。复试的内容自然是现场写作。题目有二，我选了其中之一，写了一个与秋天有关的故事，一个与南北两极有关的故事，名叫《一生逐秋》。临走的时候，主编老师笑着与我握手，说她对我的《窗帘先生的爱情》印象很深，鼓励我继续写下去。这也直接鼓励我产出了接下来一段时间在《意林·原创版》上刊载的部分新作。

在这些年里，《意林》给了我刊载诗歌的机会，我也为《意林》画过画，为《意林》的读者活动写过回信。我也愈加明白了运营一份杂志的辛苦和艰难。

我于2017年正式获得"《意林》寻找张爱玲、三毛征文大赛"一等奖。《意林》更是给了我将自己的作品出版的机会。在这里，我出版了《从此晚安我自己》这本书。

时光荏苒，如梦似幻，其中的感谢之情，一言难尽。而这一切的开始都在2016年的《意林》之旅。那年我正好20岁。20岁，《意林》承认了我、鼓励了我、拯救了我，让我成了今天的我。

时至如今，让我回头看看，我觉得高中时期的那些文章太稚嫩了，生涩，强装成熟，但无比真诚。如果时光倒流，回到20岁，我依然会投出我的作品，义无反顾，因有《意林》。

常有《意林》。

攻打20岁的灰色童话

◎ 刘昭璐

九月的爱尔兰，已然天寒地冻，冷得毫不留情，我经历了灰色童话。

发着低烧的我，不知为什么，在这所爱尔兰的大学里每一次都找不到回宿舍的路。周遭不停闪过一张张行色匆匆的西方脸孔，我站在学校哥特式的礼堂下局促不安，不敢开口求助。来爱尔兰当交换生，是我主动向学院申请的，为期一年。但那一刻，我真不知道怎么把这一年过完。

从小到大，我都是备受瞩目的孩子，会跳舞、会弹琴、学习好、性格好。我在无比温和的环境中长大，阳光自信，乐于展示自己。但来到爱尔兰后，不仅听不懂老师同学们说话，还不会做饭，甚至不会用消费来换取自身的温饱。语言不通与心理落差，让我越发封闭、自我否定，加之暖气不足，低烧不退，脑袋里彻底成了一团糨糊。

陷入严重自我怀疑以及绝食好几天的我，开始出现幻听、幻觉、疑心病，感觉周围所有声音都是针对自己。最终学校叫了救护车。我住进了当地医院的精神科。

在大使馆的帮助下，妈妈和常年做外贸的舅妈飞到爱尔兰与我会合。那是我妈妈第一次出国，乘阿联酋航空经迪拜落地都柏林。和我一样的航线，不知她是怎样的心情。我一动不动地看着舅妈，看着她磕磕巴巴说着英文，用上下翻飞的肢体语言，与医生交流我的情况。而我不会说英文的妈妈，每天晚上都能向护工要一杯滚烫的燕麦牛奶摆在我面前。

我用20年的时间好好学习，却把自己困在了城堡里。一粥一饭的人间烟火，向来不在我的考虑范围内。正因如此，我的人格板块出现了不少空缺。到了20岁时，我便结结实实地摔入了那些洞穴。如果你跟我一样，从小到大向来没有为饭菜动过脑筋，哪怕与妈妈同去菜场也是躲在她后面嘀咕自己想吃什么，那我建议你挑一周的时间，全程负责自己的一日三餐。

若你还有点良心想省点钱并且懂得健康为何物，不顿顿点外卖，你就会发现，原来每天构思吃什么，竟一点也不比学英语容易。思考、买菜、洗菜、下锅、吃饭、刷碗，一天至少重复一次半……有没有一种被重复频率支配的恐惧？连做一周，一下子很难适应吧，但妈妈做到了。不是一天，不是一周，不是一月、一年，而是每一天，她们都这么做到了。

爱尔兰之行后，我第一次认识到饭菜不会平白无故地出现，其中肯定夹杂着下厨之人日复一日的努力；第一次认识到不管什么情况下都要爱惜自己的身体，即便身处逆境；第一次认识到自信来自自己的底气，而底气孕育在充分的准备里；第一次认识到不论发生什么，快乐才是最重要的事情。出院回国后，我开始每天抽出两小时练习英语，也学会了煮饭做菜炖汤。每每看到锅里"咕嘟咕嘟"冒泡的食材，我都会在心里为20岁的自己端上几碗热乎的饭菜，披上一件暖和的大衣，再抚一抚她的肩膀说："你看，并没有那么难。"

我想总有一天，我会在艳阳高照的夏天，带上好朋友再次奔赴2015年没来得及好好欣赏的爱尔兰。我会查询天气预报、准备旅行话术、提前做好攻略，身穿成长的盔甲离开城堡，从容微笑着，策马扬鞭地去攻打20岁的灰色童话。

最后我一定会赢。

20岁的回忆，终究退去黯淡，五彩缤纷。

汉江夜游

◎ 蒲继刚

那时，我二十岁，上完技工学校后，被分到一家工厂做工。

繁重的体力劳动，污浊的空气，轰鸣、刺耳的机器声，凌晨一两点从熟睡中起来去上大夜班。这种生活与我想象的充满生命芬芳、青春灿烂的生活方式相去太远。

我曾经想过无数办法逃离，辞职，去流浪，去南方打工，去农村找个地方种树。有一次，我和工班里的一位年轻人不辞而别，骑上自行车，骑了几百公里，在外面游玩了一个星期，准备就这样浪迹天涯。是的，二十岁的青春就是这样任性，离经叛道，毫无顾忌。

然而，车间主任找到我家里，父母又把我找了回来。他们苦口婆心，对我说："好不容易有一份工作，好不容易能挣钱、吃饭，养活自己，这是不少人想得到而不可得的生活，为什么你就这样不干了呢？"我终于妥协，又留了下来。

我做工的工厂坐落在汉江边，出门五百多米，就到了汉江的主航道。

傍晚下班，在职工食堂买上一大钵子饭菜，边走边吃，等走到汉江边，一钵子饭菜便一扫而光。虽然做工很艰辛，但因为年轻，所以有用不完的力气，而且，把身体放在洁净的汉江水中一泡，似乎烦恼和疲惫都消失得无影无踪了。我们四五个好朋友从每年的五六月开始在汉江里游泳，一直要游到十二月底。我们游泳的地方有一大片银白色的沙滩，沙子很细，很软，游过五六百米的江水，可以到一个很大的沙洲上。那个沙洲的面积有四五平方公里，上面长满柳树、芦苇，还有人在上面种西瓜、花生等作物。大自然真美，它在悄悄地抚慰着我受伤的灵魂……

我们最钟情的是夜游汉江，从黄昏的夕阳中一直游到月上柳梢，美丽的汉江也从黄昏的金色变成了月光下的银色。银色的月光静静洒下来，亲吻年轻的我们，如同在亲吻青春，亲吻浪漫的生命。

这就是生命，年轻的生命，年轻的二十岁。年轻的生命你不珍惜，你不奋斗，就这样自甘堕落，那你的生命又有什么意义呢？生活确实是艰辛的，既然生命中艰辛是常态，那么我为什么怕这些苦难呢？趁现在年轻，我为什么不摆脱命运的束缚呢？在汉江月夜中畅游，我不停地想，不停地问……

这是生命的觉醒吗？是的，这确实是生命的觉醒。我，还有三个一起上技校的同学，也是一起做工的同学，似乎都在这个时刻开始了生命的觉醒。我们相约，要奋斗，要好好学习，要改变自己的命运。

我又开始拼命读书，能到手里的书，我通通囫囵吞枣拿来看一遍。书读久了，便觉得读书成了生命中的一部分。读书，成了我生命中的救赎。

读了这么多书，为什么不按书中的那样，把生活中的事情写出来呢？读书，不仅可以成为我生命中的救赎，也可以改变我的命运呀！我开始尝试着写作。

后来，我们几个好朋友，一个通过学习，考上了哈尔滨工业大学的研究生；一个到南方创业，事业有成；一个自修法律、英语，成为企业的高管。而我，因为写作，发表了不少文章，脱离了这家工厂，到了另外一家工厂。

最终，我和几个好朋友通过努力，都走出了二十岁的阴影。但怎样使以后二十岁的年轻人不再有二十岁的阴影？我们作为普通人都在点点滴滴地努力着。这才是努力走出那个丛林社会最重要的意义！

这就是我的二十岁。

陆·星河璀璨

在深山发芽

◎鲁慧旎

我曾站在世博中心迎接中外友人，也曾看过外滩青旅上的璀璨夜景和乡间办公室窗外的瑰丽晚霞，但我真正独立地成长，是在我的20岁，随着颠簸前行的绿皮火车，在深山发芽。

第一次见到曹妈妈，是在山路上颠簸2小时后。好不容易脚沾到地，抬眼一瞧，便看见了她严肃的面容、黝黑的皮肤、紧蹙的眉头，她给生性胆怯的我留下的第一印象是"好凶啊"。

为了以更好的状态去支教，一开始，我们实践队便特意邀请曹妈妈，以石笋山村妇联主席的身份，为我们讲解一下孩子们的大致情况。

整整75位孩子，不用看任何笔记，你提一个名字，曹妈妈立马就能如数家珍地道来，她初见时不苟言笑的面容，在谈到孩子们的时候，所有的棱角都柔和了……终了，曹妈妈轻叹了一句："他们啊，过得太苦了。"她素来生活在群众之中，见不得人们生活中的苦难——她的心与他们一同跳动。

走进深山，叩开门扉，亲眼去看，你会发现，这个世界有点不太一样，甚至能颠覆你的认知。短短几天，我便见到诸多苦难，上海的阿姨听闻后，主动提出要捐些衣物，于是我去找了曹妈妈。

"不，衣物什么的完全不需要，捐来也浪费。"

骤然听到这句话，我有点不可置信，但曹妈妈还是斩钉截铁地说："他们不缺衣服，缺的是衣柜。"那时我还是不太理解，直到实地去家访，我才明白曹妈妈的话。

家徒四壁的两间砖房，一间堆满了杂乱的蛇皮袋，致使一家五口，只能挤在仅剩的、不足20平方米的房里。我亲眼看到蛇皮袋垒成高高的一座小山，从破洞处能看到满满当当的衣物。明明衣物堆成山，但家里的五岁妹妹，依旧套着褴褛的大人衣物，因为矮小的孩子只能趴着，努力从底下的蛇皮袋里拽出衣物……

我突然有点羞愧，为我的刻板印象，同时也好感动，感动于认识了曹妈妈，这么一位浸透苦难，却满身光辉的英雄。

曹妈妈本名曹桂树，就像她的名字一样：质朴、真实。她生在这座村、长在这座村，是土生土长的石笋山村人。严重的肾病时刻困扰着曹妈妈，明明被医生叮嘱要好生休养，她却固执地依旧坚守在自己的岗位上。在炎炎烈日下，戴着一顶半旧的草帽，穿梭在深山里，叩响每一扇木门，一家不落，被村民亲切地称作"曹妈妈"。

老舍说："有一种脚步声叫大善。"曹妈妈脚步不停，就这么坚定地走在石笋山的各个角落。

对社会来说，曹妈妈是千千万万个基层工作者中的一员；对地处偏僻的石笋山村来说，她是数千位村民的"唯一"。她在基层深深扎根，忠于人民，致力于用自己的力量推动山村发展。曹妈妈的先锋精神深深感染了我，在我之后的工作中，她就像一位楷模，引领着我用更认真的工作态度，更踏实的工作方法，完成每一项任务。

在曹妈妈的身上，我们仿佛看到了无数在大山深处的乡村工作者。或许他们面对的是世界上一群渺小的人，但是在中国、在世界，有这么多的山，这千千万万的山都需要深深扎根在基层的人，用无畏的勇气、坚定的信念指引希望和光明的未来。沧海一粟，固然渺小。而正是这样渺小的人们，挺立在座座山峰之上，组成了这个国家坚强的后盾。

"玉在山而草木润，渊生珠而崖不枯。"在重庆这个名不见经传的小山村里，爱在无声流淌，石笋山村也随之永远留在了我的20岁，那么美好，让我想再次相遇……

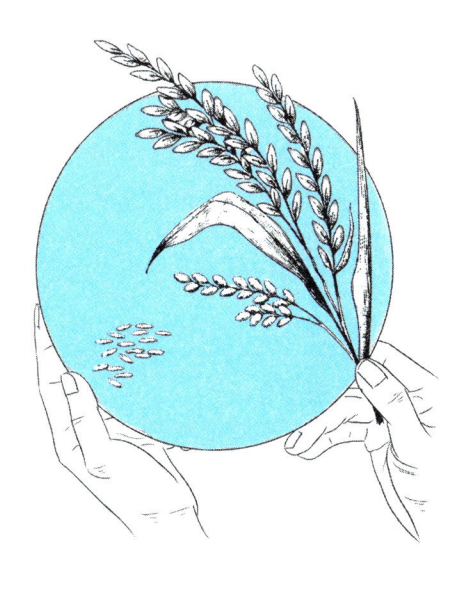

敬 启

本书为正规出版物。在阅读过程中,若遇内容方面任何问题,请与我们联系,联系电话010-51900481。因此影响到您的阅读体验,我们深感抱歉!感谢您对本书的认真阅读。